海運王の身代わり花嫁

～こんなに愛されるなんて聞いてません！～

m a r m a l a d e b u n k o

高田ちさき

marmalade bunko
マーマレード文庫

目次

海運王の身代わり花嫁
～こんなに愛されるなんて聞いてません！～

海運王の身代わり花嫁

～こんなに愛されるなんて聞いてません！～

第一章

潮風《しおかぜ》が髪を巻き上げる。せっかく美容院でセットしてもらった髪が崩《くず》れるのを気にして慌《あわ》てて押さえる。

久しぶりに来た海辺。しっかりと息を吸い込み潮の香りを楽しむ。それだけで少し胸がはずむ。

私の名前に〝渚《なぎさ》〟とつけるほど、両親は海が好きだった。よくふたりでデートしたのだと娘の私の前でも恥ずかしげもなく語っていた。

ふたりが生きていた時には、よく家族で海に来て遊んだ。それを思い出すと懐《なつ》かしくまた少し寂《さび》しく思う。

そして今、港には大きな船が停泊している。世界一周旅行もできるこの船で、今日はこの客船の持ち主である深川《ふかがわ》商船の創立記念パーティが行われる。

そこに私、藤間《ふじま》渚がやってくるなんて場違いなことこの上ない。私は本来ならばこんな華《はな》やかな場所には縁がない人間だ。大学を卒業後、都内にあるカフェに就職して今は日々仕事に奮闘しているところ。みかけだってとりたてて目立つようなところはない。身長は百五十八センチ。髪は胸のあたりまでの長さだ。仕事中は束ねることができ、アレンジしやすいのでこの長さが気に入っている。飲食業なので軽いメイクしかしないし、そもそもファッションにあまり興味がないので、いつもいたってシンプルな格好《かっこう》をしている。クラスにいても目立たない存在。それが私だ。

そんな私が手持ちの服で頑張《がんば》ってみたものの、他の人の着ているドレスに比べると明らかに見劣《みおと》りする。けれど急遽《きゅうきょ》ここに来ることになったのだから仕方ないのだと自分に言い聞かせた。

たくさんの人が船の中に入っていく。私も周囲に後れを取らないように、人に続いて船の中に入る列に並んだ。

預かってきた招待状を提示しようとしたが、「藤間です」と名を告げただけで、すぐに黒いパンツスーツの女性がやってきて「こちらに」と言われた。私よりも前に並んでいる人を追い抜いて先に案内されて恐縮《きょうしゅく》してしまう。

こんなに丁寧《ていねい》に扱われていいのかな?

パーティなんて、友達の結婚披露宴《ひろうえん》に列席したくらい。ましてやこんな豪華客船に乗った経験なんてないので、キョロキョロしながらついていく。デッキから海を見ると夕陽《ゆうひ》を受けてきらきら輝いていて、思わず足を止めて眺《なが》めてしまった。

「藤間様？」

「あ、すみません。つい」

いけない、案内されている途中だった。女性はにっこりと微笑《ほほえ》むと先ほどよりもゆっくりと歩いてくれた。きっと私に気を使ってくれたのだろう。さすが世界のセレブをおもてなしするルームクラーク。すぐにこういう細やかな気遣《きづか》いができるところを同じ接客業として見習いたいと思う。

周囲を眺めながら歩いて、たどり着いた部屋。ルームクラークの女性が扉を開けてくれて、その室内を見て驚いた。

「うそ……すごい！」

思わず感嘆《かんたん》の声を上げる。フカフカの絨毯《じゅうたん》にきらめくシャンデリア。高級感あふれるソファに大きなテレビ。奥にはバーカウンターも見える。

中はホテルのスイートルームと見紛《みまご》うほどの豪華さだ。唯一ここが船の中だと感じることができるのは、窓から見える景色がどこまでも続く海だということだけ。

「あの……ここは？」

のこのこついてきて今更《いまさら》気が付いた。どうして私がこんな豪華な部屋に案内されたのだろうかと。どう見ても今日のパーティの参加者全員がこれと同様の部屋を与えられているとは思えない。招待客の中でもVIPの人を案内すべき部屋ではないだろうか?

不安に駆《か》られて、助けを求めるように、案内してくれたルームクラークの女性を見る。すると彼女はにっこりとこれまでで一番いい笑みを浮かべた。

「藤間様には一番いいお部屋をご用意するようにと言われております。隼人《はやと》様の婚約者の方でいらっしゃいますので」

「はい?」

この時の私は、世界一間抜《まぬ》けな顔をしていたに違いない。

「もう、いったいどういうこと?」

部屋にひとりになった私は、バッグからスマートフォンを取り出して、急いで従姉《いと》妹《こ》である藤間理華《りか》に電話をかけていた。

数コール鳴らしてもつながらない。しかしここで諦《あきら》めるわけにはいかない。今の私に起こっていることを、説明できるのは彼女しかいないのだから。

諦めずにコールすること数回。やっと電話がつながった。私が電話をかけはじめてすでに二十分ほど経っていた。

「もしもーし、ごめんねぇ。ネイル中だったの。今回のもすごくかわいくてね、後で写真送るから見てね」

私がこんなに焦《あせ》っているのに、電話口からはのんきないつもと変わらない理華の声が聞こえる。

彼女はいつだってこんな調子だ。こちらから連絡しても一方的に自分の話をはじめる。悪気がないのはわかっているが、今は話を聞いている余裕はない。

「わかった、わかったから。ねえ、これってばいったいどういうことなの？」

「え、何のこと……あ～そうか、今日パーティの日だったね」

私の焦りなどよそに、相変わらずマイペースな彼女。今日私がこの不釣《ふつ》り合《あ》いなパーティに出席することになったのは、この従姉妹の代理だった。

「カジュアルなパーティでちょっと顔を出すだけって聞いたのに、話が違うじゃない」

私、藤間渚はごく普通の一般家庭に育った。ちょっと不幸だと思うのは、両親がすでに他界してしまっているということくらいだろう。父は私が小学五年、十一歳の時に事故で。そして母は去年、病気でこの世を去った。

寂しくないと言えばうそになるけれど、私には仕事もあり毎日が充実している。

それに天涯孤独《てんがいこどく》というわけではない。少し複雑にはなるが祖母や伯父《おじ》や従姉妹は存在している。

そもそも私に父方の親戚《しんせき》がいるとわかったのは、父が亡《な》くなった時だった。突然父の葬儀に現れた、父にそっくりの祖母が、父の眠る棺《ひつぎ》に縋《すが》り付いて泣いていたのを今でも覚えている。そしてその後、父の面影が残る私を抱きしめてくれた。

葬儀の後、母から説明があった。父と母は大恋愛の末に結婚した。それは私もよく聞かされていたので知っていたのだが、しかしそこには犠牲《ぎせい》もあったようだ。

父の実家である藤間リゾートは日本でも三本の指に入るほどの、大手の旅行会社だ。国内外を問わず多くの支店を抱え、またホテルや旅館などの経営も行っている。

しかし父は実家の事業にはまったく興味がなかった。それに加えて見合い話をもちかけられ母との結婚を反対された結果、駆け落ちをした。

ふたりはつつましく暮らし、そして私が生まれた。

簡単に言えばそういうことだ。

父の死後、すでに夫を亡くしていた祖母の藤間民子《たみこ》は、父の忘れ形見となった私をかわいがってくれた。

そこから父方の親戚との交流が始まったわけなのだけれど……。

祖母は好意的だったけれど、伯父夫婦はそうではなかった。父が事業も手伝わずに勝手に出ていってしまったことをいまだ根に持っているらしく私を歓迎してくれることはなかった。むしろ藤間を名乗るのさえ快《こころよ》く思っていないようだった。

その娘の、私よりひとつ年上の理華は、仲がいいというわけではなかったけれど、突然現れた従姉妹に興味津々《きょうみしんしん》だったようで、当時から私によく話しかけてきた。

ただ天真爛漫《てんしんらんまん》というか、お嬢様気質《きしつ》の彼女は世の中の全部が自分の思い通りに動くと勘違《かんちが》いしている節がある。両親がそのように甘やかして育てたのが原因に違いないのだが、成人した今もその性格は変わっていなくてよくトラブルを引き起こしていた。

そして今日のこれもそのひとつに違いない。

「ねぇ、さっき私、隼人さんの婚約者って言われたんだけど、それってこの深川商船の社長の深川隼人さん？」

「うんうん！　そうだよ！」

「そうだよ！　じゃないよ。理華が今日婚約者としてここに参加する予定だったんでしょ？」

数カ月前に祖母から理華にどこかの大きな会社社長との縁談話がきていると聞いた。政略結婚なんてあるんだな……なんて他人事《ひとごと》みたいに思っていたのだけれど、まさかこんな形でかかわることになるなんて。

せめて一言聞いていれば、代理なんて引き受けなかったのに。

「そうなんだよねぇ。でも理華行きたくないから、渚にお願いしたの」

「お願いって……」

まるでアルバイトのシフトを代わるくらいの気軽さの理華の態度に頭を抱える。

「理華、これはそんな簡単に代わりが務まる話じゃないの。そもそも代理が参加するって言ってあるの？」

「ううん」

何も考えていない理華に呆《あき》れる。

「婚約者が来ると思っているのに、別人が現れたら先方だってびっくりするでしょう！」

婚約者ということは当然お互いの顔を知っているはずだ。そこに理華とは似ても似つかない私が現れたら先方はどう思うだろうか。

それに藤間リゾートと深川商船の会社を背負っての縁談話。こんな不義理《ふぎり》を相手方が許すはずない。きっとのんきな理華は自分の行動がそんな大ごとになるとは露《つゆ》ほども思っていないのだろう。

「あはは、そうかも！」

「そうかもじゃないの、婚約が破棄《はき》されてしまうかもしれないのよ」

「え、そうなの？　でも今そこにいない私にはどうしようもできないから、渚頑張って」

「頑張ってって……」

呆れてものが言えない。これまでも何度か理華の身勝手《みがって》に振り回されることがあったが、今回はそんなレベルの話じゃない。私ごときがどう説明してどう謝ればこの場を無難《ぶなん》に収められるというのだろうか。

「おじさまたちは知っているの？」

「知るわけないじゃない。怒られちゃうもん」

「やっぱり！　ねえ、理華」

今すぐ理華から伯父に話をしてもらうしかない。それで先方に謝《あやま》ってもらうのがベストだ。そう思い彼女を説得しようとした瞬間、部屋に〝コンコン〟というノックの音が響いた。理華はそれを見計らったかのように電話を切ろうとする。

「後は渚に任せたから、いいようにしてね。隼人さんとってもイケメンだから大丈夫だよ。今度ケーキおごるから」

「あ、待って。理華——」

大丈夫なわけないっ！

しかし無情にも電話は切れた。それは私の最後の頼みの綱《つな》が切れた音でもあった。

そこから何度も理華にコールしたがもちろんつながらない。部屋の外からのノックの回数が増えていく。

「もしかして、中で何かあったのか。すぐにマスターキーを持って来させろ」

扉に近づくと外の声が聞こえてきた。これ以上ここに立てこもっていても事態は収束しない。私は事情を説明して平謝りする他ないと思い、覚悟を決めて扉の鍵を開けた。

——ガチャ。

いやに鍵の開く音が大きく響いた気がする。びっしょりと汗をかいた手でドアノブを掴み扉を開こうとすると、先に向こうからこちらに向かって扉が開いた。

「申し訳ありません」

先手必勝《せんてひっしょう》とばかりに、頭を下げ謝罪の言葉を口にした。こぶしをにぎりぎゅっと目を閉じて相手の反応を待つ。

「顔を上げて」

男性の低い声に驚き、肩がびくっと震えた。

もしかしてこの人が……。

恐《おそ》る恐《おそ》る顔を上げる。この瞬間に私が理華ではないことがはっきりとばれてしまうのを覚悟して。

相手の顔を見て唇《くちびる》を噛《か》む。たしかに理華の言う通りイケメンだ。それも大人の色気をまとった極上《ごくじょう》の。

シャープな輪郭《りんかく》、高い鼻梁《びりょう》、薄い唇。何と言っても一番目を引くのは黒髪から覗《のぞ》くその切れ長の目。その目に見つめられれば逸らすのは至難《しなん》の業《わざ》。思わず釘付《くぎづ》けになってしまう。

でも今、彼はその美しい顔に不機嫌を漂わせている。

「……どういうことだ?」

いや、そうなりますよね……。

おそらく彼が深川隼人さんその人だ。ここに理華が来ることになっていたのに、見知らずの人物が青い顔でいれば、そんな顔をしてしまうのも無理もないことだ。

何から話せばいいのか、いや私がわかっているのは理華がここに来られない代わりに私が来たという事実だけなのだが、それをうまく大ごとにならずに伝えることができるとは思えずに、口を閉ざしていた。

「少し席を外して」

「はい」

一緒《いっしょ》に来ていた人たちを下がらせると、部屋にはふたりっきりになった。

彼は「はぁ」とため息をついてソファに座った。そして向かいの二人掛けのソファを指して、私に座るように促した。

この場の主導権は完全に彼にある。私はなんとか事態を最小限の傷に抑えることだけに集中した。

「で、きちんと説明してもらおうか」

長い脚《あし》と腕を組み、まっすぐにこちらに視線を向ける。逃げることを許さず、うそも見逃さない。そんな鋭い視線だった。

その男性を目の前に、私は観念《かんねん》する他なかった。

「あの私は、今日ここに来るはずだった藤間理華の代理です」

「代理……ね」

彼は短く反応しただけだ。私は伏せていた目をちらっと彼に向けた。冷たい表情のままだ。彼と目が合う。綺麗《きれい》だけど今は怒っているせいか冷たく見えるその目に身がすくむ。

「君の名前は？」

「え？」

突然質問されてうまく返答できなかった。

「だから、君の名前」

「あっ、藤間渚です」

「藤間、ということは君も藤間家の関係者だね」

私がうそをついていると疑われても仕方のない状況なので、素直に自分の身の上を話した。

「私は理華の従姉妹にあたります」

「ということは、藤間会長のお孫さんなのか？」

「はい」

ここで言う藤間会長とは祖母のことだ。夫――私からみれば祖父を亡くした後、会社を継いで大切に守ってきた。ちなみに今の社長は藤間健三《けんぞう》。父の兄であり、理華の父親だ。

「なるほど、それで代理ね」

彼は何か納得したようだった。しかし私は状況が好転《こうてん》したとは思えずにこぶしをギュッと握った。

「こんなことになって本当に申し訳ありません」

謝ることしかできないけれど、彼は何も悪くないのだから誠心誠意《せいしんせいい》謝った。

「たしかに、困ったことになるな。これから」

「これから？」

「ああ、今日の創立記念パーティで俺と君の従姉妹との婚約を発表する予定だった」

「……それは。本当にお詫《わ》びのしようもございません」

理華ってば本当になんてことしてくれたんだ。いつものわがままでは済まないことをわかってるのかな。

「そしてそれは今更撤回《てっかい》できない。すでに話は進んでしまっている」

「あの、どうにかできませんか？」

「君の協力があればどうにかなるかもしれない」

え、そうなの？

不謹慎《ふきんしん》だと思ったが、何か今の状況を抜け出す解決策があるとわかって私は思わず目を見開き顔をほころばせてしまう。しかしそれを見た彼ににらまれて、再び顔を引き締めた。

「私にできることは、なんでもやりますから」

「なんでも？」

念を押すその顔が少し笑ったように見えた。しかし笑顔を見たにもかかわらず心があたたかくなるどころか悪い予感がしてゾクリとする。

失敗したかもしれない。そう思ったけれどすでに遅かった。

「君には俺の婚約者になってもらう」

まっすぐに見つめてくる彼。

「うそですよね？」

冷汗《ひやあせ》が背中を伝うのを感じた。そんな冗談《じょうだん》みたいな話あるだろうか。

「うそをつくような状況じゃないっていうのは、君自身が一番よくわかっているんじゃないのか？」

そうだけど、そうだけど……わかっているけれど、すぐに「はい」なんて言えない。

「でも、婚約は私じゃなくて理華としてるんですよね」

「さっきまではそうだったが、彼女はここにいない。ここにいるのは君だ」

「では、私が藤間の娘として――あなたの婚約者としてこのパーティに参加するっていうことですか？」

もう一度しっかりと確認しておきたかった。

「ここにいる藤間の娘は君しかいないから、そうなるな。俺の婚約者は君自身になる」

彼がはっきりと言い切った。

たしかに逃げ出した理華に——藤間家に非がある。彼からすれば私だって藤間の人間のひとりなのだから。

「君が断るというならそれでもいい。しかし両家に多大なる損害《そんがい》が生じることは肝《きも》に銘《めい》じておくことだな」

「損害？」

その単語を聞いて怖くなる。ビジネスの問題に発展するということだろうか？

「今日の招待客にはすでに婚約の話を周知してある。そのうえ婚約者はすでに到着して準備をしていると話はもちきりだ」

私がこの部屋で理華に電話をかけている間にも、招待客の間では今日のパーティの目玉であるに違いない婚約発表の話で盛り上がっていたようだ。

「こんな中、発表できなければ深川の名に傷がつく。何があったのかと詮索《せんさく》され、あらぬ噂《うわさ》を立てられるのがオチだ」

こういったコミュニティは狭いうえにつながりが強い。良くない噂は光の速さで伝わるに違いない。

「もし変な噂が流れるようなことになったら、当然藤間家には責任を取ってもらう」

そんなことになったら……。

私ひとりではどうすることもできない事態に発展してしまいそうだ。

「従姉妹は君に〝代わり〟をと言った。そして君はそれを受けた」

「はい、その通りです」

内容を聞いていれば絶対に受けなかった。けれどちゃんと確認しなかった私にも非がないわけではない。それにここをうまく乗り切らなければ、祖母たちに迷惑《めいわく》が掛かってしまう。歳《とし》のせいか最近あまり体調が良くない祖母に心労をかけたくない。

「君以外、この状況をどうにかできる人間がいるのか？」

「いいえ」

話をしているうちに、彼の言う通りのような気がしてきた。色々と考えすぎた私の頭はオーバーヒートしてしまっていて、まともな思考ではないのかもしれない。

もう、どうとでもなれ。半《なか》ばヤケだ。

「なるよな？　俺の婚約者に」

「……はい」

思わず返事をしてしまった。その瞬間彼の顔が今までにない笑顔を一瞬見せた。その数秒の笑顔に目を奪われる。

「ＯＫ、じゃあ早速《さっそく》準備だ」

「あの、深川さ――」

名前を呼ぼうとする私に、彼が人差し指を向けた。

「それ」

「えっ」

いきなりのことに目を見開いて驚く。

「呼び方気を付けて。隼人だから」

「え、そんな急に言われても」

「君には急かもしれないけれど、俺たちは婚約しているんだから、他人行儀《たにんぎょうぎ》な呼び方をしていたらおかしいだろ」

それもそうか。

「は、は、は」

「くしゃみでも出るのか？」

「違います！　は、隼人……さん」

「まあ、いいだろ」

納得はしていないようだが、とりあえず合格のようだ。ふぅ～と大きく息を吐いて、体の力を抜いた。

のっけからこんな調子でうまくいくのだろうか。

不安になって隼人さんを見ると、カフスボタンをいじりながらちらっとこちらに視線を向けた。

「やるしかないんだ。わかってるな、渚」

「は、はい」

そう、彼の言う通りもう後には引けない。気が付けば私たちを乗せた船は港を離れて沖に向かって進んでいた。

まるで私に、もう引き返せないのだと、言い聞かせるかのように。

それからは一気にあわただしくなった。どこで待機していたのかわからないが部屋に次々と人が入ってくる。

メイク道具やアクセサリー、それに軽食まで乗ったワゴン。

私はあっけに取られてそれらをただ眺めているだけだった。隼人さんはワゴンに乗せられたアクセサリーを見ている。

「あの、これは？」

「君のだ。俺が身に着けるわけないだろう」

いや、まあたしかにそうだけど。

「あの、私のことなら気になさらないでください。今着ているので十分なので」

私がそう言うと、隼人さんは私の頭からつま先までをサッと見た。

「俺には十分には思えない。だから着替えてもらう」

「あ……そういうことですね」

私はただの渚として今からパーティに参加するわけではない。彼の婚約者として彼の隣《となり》に立つのだ。だから彼にふさわしい姿でいないといけない。

彼の言うことは理解できた。まあ、けっして気持ちのいいものではないけれど。

しかし、冷たい人だなぁ。なんかもうちょっとだけでも優しくしてくれないかな。

考えてみれば仕方のないことだ。向こうは多大な迷惑を被《こうむ》っているのだから。

ここにちゃんと理華が来ていればこんな問題になどならなかったはずだ。きっと彼女なら合格をもらえる服装で、合格をもらえる立《た》ち居《い》振る舞《ま》いができるのだろう。
それはやはり生まれてからずっとお嬢様として育ってきた理華だからできることだ。
私はずっと普通の家庭で暮らしてきたし、藤間の家とは親戚として付き合っている
だけで事業などからは切り離されている。今までそんな淑女《しゅくじょ》のふるまいを求められ
たことなど一度としてなかったのだから、せめて見かけくらいは彼の言う通りに、き
ちんとした方がいい。
【付け焼刃《つけやきば》　できることは　やってみよう】
一句できたな、なんてのんきに思っている私をよそに、隼人さんは深紅《しんく》のドレスを
手に取ると、スタッフらしい女性のひとりに渡して「後は頼んだ」と言って出て行っ
てしまう。
その場にいた女性五人が一斉に、取り残された私の方へ向いた。
「さあ、藤間様。お時間がございませんので、一気に仕上げてまいりますよ」
「えっ……あっ」
返事をする間も与えられず私の服ははぎ取られ、キャミソール一枚にされた。
うそでしょ。こんなにいきなり。
「あの、ドレスは？　どれを着るんですか？」

「ドレスは先ほど隼人様がお選びになりましたので」

「えっ……でも」

目の前に突き付けられたのは、先ほど隼人さんが手にしたドレス。デザインは素敵《すてき》だが背中が大きく開いている。

「これは……無理です」

私は顔を引きつらせて、着たくないと伝えた。

「無理と言われましても、わたくしたちは隼人様の意見に従うまでですので」

「そんな……」

かたくなに嫌《いや》がっていると、彼女たちの顔が曇った。

彼女たちだって仕事なのだ。ここで私がわがままを言うと仕事ができなくて迷惑がかかってしまう。

……仕方がない。

私は意を決してキャミソールを脱いだ。

「……これは」

背後に立つ女性が言葉を失った。

「とりあえず、髪とメイクを先にやってしまいましょう」

指揮を執っていた女性は、私にガウンを着せるとすぐにその場からいなくなった。柔らかいスポンジに、フワフワの刷毛《はけ》。まるで魔法のような素早い手の動きでメイクが進んでいく。普段は簡単にしか化粧《けしょう》をしないので、どんどん変わっていく鏡の中の自分が不思議《ふしぎ》に思えた。

毛穴のひとつも見えない白い肌《はだ》。おしろいにパールが含まれていたのか、光の加減《かげん》できらきらと光る。くるんとカールしたまつげ。ほんのりうす桃色の頬《ほお》。ぷっくりと透明感がある赤い口紅《くちべに》がいつもよりも自分を大人っぽく見せてくれている。

髪はハーフアップにしてパールの髪飾りをつけた。最初に出て行った女性がアップスタイルにはしないようにと指示してくれたからだろう。

言われるままに隼人さんが選んだアクセサリーを着けると、そこにはいつもとは違う自分が鏡に映っていた。

これだったら〝藤間の令嬢〟に見えるかもしれない。じっと黙って座っていればだけど。鏡を覗き込んでいたら、背後に誰かが立つのがわかった。その人物と鏡越しに目が合う。

「隼人さん……あの」

「人払いを」

彼がそう言うとそれまで私の周りにいた女性たちはみんな部屋を出て行った。

「見せられるか？」

「え、あ、はい」

本来ならば知り合ったばかりの男性に肌を見られるのは抵抗がある。しかし今は事情が事情だし、どうしても私があのドレスを着られない理由を知ってもらわないといけない。

紐《ひも》を緩《ゆる》めゆっくりとガウンの肩を落とす。前を押さえて背中だけを見せた。そこに隼人さんの視線が注がれているのがわかる。

私の背中の中ほどにある大きなやけどの跡《あと》。これは小さな時に、ストーブの上に置いてあったやかんをひっくり返して負った傷だ。生前母は、何度もこの傷について謝ってくれた。私もいつもは仕方のないことだと受け入れてはいるが、肌を見せるような機会があると人目を気にしてしまう。

普段は服を着ているので見えないが、隼人さんが選んでくれたドレスは腰のあたりまで大きく背中が開いている。どうやっても隠し切れない。

「もういい」

「……ごめんなさい」

せっかく選んでもらったドレスを着ることができず申し訳なく思う。身なりだけでも整えられればと思ったけれど、それさえもできないなんて……本当に自分はこういう世界では役立たずだと痛感した。

目を伏せ肩を落とす。

「なぜ君が謝るんだ。悪いのはこちらだ。すまなかった」

「えっ?」

驚いて顔を上げると、隼人さんが唇を強く引き結んでいた。そしてもう一度私に「すまない」と謝る。

「いえ、仕方のないことですから」

「ちゃんと君の意見を聞くべきだった。これからは気を付ける」

「あの、いえ」

出会ってからずっと偉《えら》そうというか上からというか……そんな態度の彼に、こんなふうに謝られるとは思わなかった。

案外嫌な人じゃないのかもしれない。

まあ、でも〝これから〟なんてことはないんだけどね。

だって私は今日だけ婚約者のふりをするのだから。このパーティだけ乗り越えれば、私の役目は終わる。

とはいえ問題が解決したわけではない。

「あの……ドレスどうしましょうか？」

「それは心配ない。入って」

彼が外に声をかけるとすぐに、先ほどの女性がハンガーラックを押して入ってくる。

そこには色とりどりのドレスがかけられていた。

「さて、どれにするんだ？」

「え、私が選んでいいんですか？」

「ああ、さっき言っただろ。次からは気を付けるって」

そういうことだったのね……。

立ち上がってドレスを一枚一枚見ていく。時間もなかったのにすべて背中が隠れるデザインになっている。これだけのものをあらかじめ船に乗せていたということだろうか。この衣装係の女性、本当にすごい。

「これなんかどうだ？」

彼が手にしたのは、淡いエメラルドグリーンを基調にした膝丈《ひざたけ》タイプのドレスだ。上半身はホルターネックになっていて綺麗なレースがふんだんに使われている。ホルタートネックとはいえ、背中はしっかりと隠れるデザインだ。スカートの部分はパニエでボリュームを出してあり、歩けば動きが出て軽やかな雰囲気《ふんいき》になるだろう。

「すごくかわいい……」

時間がないのはわかっているけれど、それでもじっくりと眺めずにはいられない。

「さっきのは地味《じみ》な君が少しでも目立つように赤色を選んだけれど。こっちの色も似合う」

ナチュラルに地味と意地悪《いじわる》を言われた気がするが、そこは大人の対応でスルーしておく。

「そうでしょうか?」

自分では普段あまり選ばない色だ。

「ああ、君の色。渚色だ」

隼人さんがドレスを手に微笑んだ。その顔を見てしまって胸がドキッとした。

こんなふうに笑うんだ……。

別に私に対して笑いかけたわけではないとわかっている。だけど、なんだか渚色だなんて言われたから恥ずかしくなってしまった。

頬に集まる熱を感じ、そうなっている自分がますます恥ずかしい。

「あの、では着替えるので」

「ああ、わかった。楽しみにしてるからな」

た、楽しみ？　私のドレス姿を？　それはどういう意味で？

彼の一言で軽くパニックになっていると、隼人さんがクスクスと笑った。

「いや、君は本当に面白《おもしろ》い」

完全に弄《もてあそ》ばれている。彼くらいモテそうな男の人なら私の気持ちをどうにかするなんてお手の物だろう。

「今日来たのが君で本当によかった」

そう言い残して部屋を出て行った。

はぁ……とにかく着替えないと。私が立ち上がると素早く女性がそばに来た。そしてすぐにドレスを着せてくれる。

ドレスを着て鏡の前に立つ。青いパンプスを合わせると一層《いっそう》華やかに見えた。

「とてもよくお似合《にあ》いですよ。隼人様もお喜びになられるでしょう」

「そうだといいんですけど」

でも私は本当の婚約者じゃないんです。代理なんです。なんて、たとえ彼のスタッフだとしても言えずにあいまいに笑う。

「さあ、まいりましょう」

ハンカチとリップ以外入らないような、小さな……でも豪華なクラッチバッグを手に持ち私は部屋を一歩出た。

廊下《ろうか》では隼人さんが壁にもたれて腕時計を確認していた。彼もどうやら着替えたようでタキシード姿が目にまぶしい。

少し長めの前髪をきっちりとセットしたおかげで、凛々《りり》しい眉《まゆ》や綺麗な形の目もさっきよりもはっきりと見ることができる。どこを見るでもない表情が余計《よけい》に彼の妖艶《ようえん》さを増していて、まるで雑誌から抜け出たモデルのようだった。

少し見ただけでもかっこいいことはわかっていたけれど、じっくり見るとその美しさが際立《きわだ》ってみえる。

じろじろ見ていたせいか、彼が私の視線に気が付いた。

「とてもよく似合っている、こっちに」

私が近づくと彼が自然に手を差し出した。しかしその手を取るのを戸惑《とまど》ってしまう。男性と手をつなぐのは、恋愛経験の少ない私にとってハードルが高い。

そんな私を見て隼人さんはため息をつく。

「はぁ、君は俺の婚約者だ。仲睦《なかむつ》まじく演じるのも君の今日の役目なんだ」

「はい……」

彼はそう言いながら私の手をギュッと握った。そしておそらくわざとだろう、指を絡めてくる。わざとだとわかっていても男性に対する免疫《めんえき》が少ない私にとっては刺激が強い。緊張してドキドキしてしまう。手のひらに汗をかかないか心配だ。

「そうやってすぐに顔を赤くするのは、俺的にはかわいくていいけど……でもまあ婚約者としてはもっとうれしそうにしてほしいけどな」

「そんな！　急に言われたって無理です。今でもいっぱいいっぱいなのに」

つながれた手で胸はドキドキするし、着たこともない高そうなドレスを身につけてひやひやするし、高いヒールで足はがくがくする。頭も体もパンクしそう。

「恨むなら、無責任な従姉妹を持ったことだな」

「そうですね……あっ」

転びそうになった私を隼人さんが支えてくれる。

「こんな短距離で転ぶとはな。先が思いやられるな」

「本当に申し訳ないです」

運動神経はいい方だと思っていたけれど、それとこれとは別のようだ。

「転ぶのを怖がって姿勢が悪い。背筋を伸ばして膝から先に出すようにして歩け。視線は足元でなく進行方向五歩ぐらい先、そう上手だ」

彼の言う通りにしたら断然《だんぜん》歩きやすくなった。そのうえほんの少しだが、不安が和らいだ気がする。

「そうやって堂々《どうどう》としていればいい。君は俺の婚約者なんだから」

「はい」

はっきりと返事をして自分を奮《ふる》い立たせた。引き受けたからには、少しでもちゃんと見えるようにしたい。

せめてさっき隼人さんが言ってくれた「今日来たのが君で本当によかった」という言葉を裏切らないようにしたい。

私は自分でない自分を演じる気持ちで、大勢《おおぜい》の招待客の待つ会場に向かう。

扉の前で深呼吸をする私を見て隼人さんが言った。

「俺がいるから大丈夫」

その言葉に頷《うなず》いた私は笑って見せた。けっしてうまく笑えてはいないだろうけれど、隼人さんは「上出来」と褒《ほ》めてくれた。

まぶしいシャンデリア、仕立ての良いスーツやドレスを身につけた、見るからにエグゼクティブな人たち。数々の芸術作品かと思うような美しい料理、お酒。流れるオーケストラの音楽。

まるで別世界だな。

ここが船の中だなんて思えない程の豪華《ごうか》さ。こんな状況でなければ思い切り楽しめたのにな。

ここに来るまでの間に少しだけ隼人さんからこの船について説明された。実は今回のこの創立記念パーティはこの船のお披露目《ひろめ》パーティでもあるそうだ。

世界一周クルーズもできるこの船の中には、客室やレストラン、バーはもちろんのこと、プール、舞台、映画館、アイススケートリンクなど、楽しむためのありとあらゆるものを詰め込んで作られた客船だそうだ。またセキュリティ面も充実していて今後国際フォーラムの会場として貸し出す案も出ているらしい。

聞いているだけで目がくらみそうだ。理華の代わりでなければ到底《とうてい》私が足を踏み入れるような場所ではない。

そのお披露目と、深川家と藤間家の婚約というおめでたい話をぶつけて、会社をアピールするのが今日の目的。

そんな大変なパーティだったの？　それを平気で私に押し付けるなんて……理華っ

てば本当に無責任すぎない？

昔から気分屋なところはあった。けれどここまでとは思わなかった。

ますます失敗はできないと思うと変に緊張してしまう。それでも私は背中に添《そ》えられた彼の手に支えられるようにしてどうにか背筋を伸ばして笑みを浮かべた。

まったく名前も顔も知らない人たち。ただにこにことしているだけでも相当《そうとう》大変だ。

隼人さんは私に見せていたような不遜《ふそん》な態度はまったく見せない。笑顔の素敵な好青年が私の隣に立っていた。

こうやって裏と表の顔を使い分けているんだなぁ。だったら私も今日は別人になりきって頑張るしかない。

気合を入れ直しよりいっそう、笑みを浮かべた。隼人さんもそんな私を気遣ってくれる。ことあるごとに少し休憩《きゅうけい》をとってくれて、飲み物を持ってきてくれたりもした。

それも婚約者のふたりが仲睦まじくしている演出なのかもしれないけれど、面倒《めんどう》なことは考えずにとりあえず素直にありがたいと思うことにした。

しかしふたりで表面上仲良くしていると、女性の招待客の視線がこちらに向けられているのに気が付いた。それは好意的とは到底呼べないものだ。

おそらく理華との縁談話の前にも色々《いろいろ》なところから見合い話があっただろう。これだけの大きな会社の社長でかっこいい隼人さんのことを、本気で好きだった人もいるに違いない。だから彼の隣にいる私を快く思わない人だっているだろう。

人の注目を集めるということが、これほど大変なことだとは思わなかった。どこにいても気が休まるとは思えずに私は隼人さんに断って化粧室に向かった。

個室に入り大きく息を吐く。

「はぁ……あと少し、あと少し」

小さな声で自分に言い聞かせる。そうすることで少し落ち着いた。本当はこのままここで閉じこもって時間が過ぎるのを待ちたいくらいだ。

けれど今の私は理華の代わりに藤間の娘として、隼人さんの婚約者〝役〟を務めなくてはいけない。

個室を出ると洗面台を三人の女性が使っていた。化粧直しをしているようだ。そして私の前には着物姿のお年を召した女性がひとり順番を待っていた。……にもかかわらず女性たちはおしゃべりしながらのメイクタイムに夢中のようだ。

奥に化粧直しできる広いパウダースペースもあるし、ひとりの人はすでにお化粧を終えているようだけど、その場に立って話に夢中になっている。

「あの、もしよろしければこちらの方にそこを譲っていただけませんか？」

お年を召した女性は杖《つえ》をついている。おそらく長く立っているのはつらいのではないだろうか。そう思い声をかけた。

すると三人の視線が一気にこちらに向く。そして一瞬にして私が誰だかわかったのか、いきなり鋭い視線で私の全身を観察した。

「あら、もう深川商船の社長夫人気どり?」

「そんなわけでは……」

「権力を持つといやね、先にいる人を押しのけてまで……こういう場合のマナーも知らないなんて、教養というものはないのかしら?」

私の言ったことが気に入らなかったのか、あからさまに事情を悪いようにとらえている。

「あのもちろん申し訳ないと思いますし、私に教養がないのは認めます。ですが、お化粧直しならあちらの方が広くてゆっくり使えると思いますから」

そう説明すると彼女たちは私をにらんだ。それでもその後その場を空けてくれた。

「ありがとうございます」

私はお礼を言ったが、相手方は無視している。とりあえず先に女性を洗面台に案内しなくては。

「あの、どうぞ」

「ありがとうね」

女性が柔らかい笑顔を返してくれてほっとした。少なからず彼女も目の前でこんな言い争いを見せられていい気はしなかっただろう。

小声で「申し訳ありませんでした」と伝えると「いいのよ、助かったわ」と言われて少し救われた。女性は手を洗うと会釈《えしゃく》をして出て行った。私も続いて外に出ようとするとさっきの三人組の女性たちににらまれたが、気にせずにその場を去った。

はぁ……あと少し頑張れ私！

息抜きのために個室にこもったのに、余計《よけい》に疲れた。早く時間が過ぎることだけを祈り私はパーティ会場に戻った。

会場に入るとすぐに隼人さんが私の元にやってきた。

「ずいぶん時間がかかっていたけれど、どうかしたのか？」

「いいえ、少し化粧室が混んでいて」

「それならいいが」

すぐに隼人さんの横でにっこりと笑みを浮かべる。何かあれば相談するようにと言われているが、先ほどのような些細《ささい》なことまで報告する必要はないだろう。そもそもそんな時間もなさそうだ。

名前もわからない人たち。欺《あざむ》いているようで胸が痛むけれど今回は仕方がないことだと自分に言い聞かせる。今は隼人さんの婚約者なんだから最初にアドバイスしてもらったことをもう一度思い出して背筋を伸ばした。

急に会場のオーケストラの演奏が止まった。不思議に思って隼人さんを見ると、彼も何も知らされていないのかそばに控えていた秘書に目くばせをした。しかし彼が事情を把握《はあく》するよりも早く司会者が声を上げる。

「ここで、お越しの皆様に素敵なピアノ演奏のプレゼントがあるそうです」

フロアの目立つところに、大きなグランドピアノがある。こんな大勢の前でピアノを弾くのだからかなり上手な人が演奏するに違いない。

周囲からも「ピアノ演奏ですって」「素敵ね」などと言う声が聞こえてきている。

プロのピアニストがパーティに参加しているのかな？

そんな期待をしていた矢先、司会者の言葉に私は固まった。

「藤間様こちらにお願いします！」

「えっ……」

名前を呼ばれた私は一気に青ざめた。

この会場にもしかしたら他に藤間という人がいるのかもしれない。隣にいる隼人さんを見ると彼も驚いた表情を浮かべて私を見ている。やっぱりここにいる藤間は私だけみたいだ。

司会者の近くにいるのは、先ほど化粧室にいた三人組だ。

もしかしてあの時の仕返し？

クスクスとこちらを見て笑っている。私に恥をかかせるために、ピアノを弾かせようという魂胆《こんたん》だろう。先ほど自分から『教養がない』なんて言うんじゃなかった。

いきなりのことに青ざめ茫然《ぼうぜん》としている私の手を隼人さんが引っ張った。

「気にしなくていい。俺が断ってくる」

「え、でも」

会場にいる面々《めんめん》は私の方を期待のこもった目で見ている。すると三人組のひとりが拍手《はくしゅ》をしはじめた。周りの招待客たちも彼女に合わせて拍手をする。

周囲の人たちは私がピアノを弾くと思っている。こんな状況で隼人さんが断ったとしたら、会場がしらけるに違いない。

「無理をするな、俺に任せておけ」

「……大丈夫です」

「えっ？」

驚いた隼人さんを後目《しりめ》に私はピアノの方へ歩き出した。すぐに彼が追ってきて、私の腕を掴む。

「何を言っているんだ。やめておけ」

小声だけれど、焦りを含んだ声。

「でも私がピアノを弾かなければこの場を収めることはできません」

「たしかにそうだが、本当に大丈夫なのか？　何とでも言って逃げることはできる」

しかし私は首を振って彼の申し出を断った。両家のためにも、臆《おく》した姿は見せられない。人前で恥をかかせようとするなんて、しかもこれは会社の大事なパーティなのだから。

だからといって自信があるわけじゃない。心臓がドキドキして口から飛び出してきてしまいそうだ。それでも私はピアノの前に立つと背筋を伸ばして会場を見渡した。

今日の私はいつもの私じゃない。まだ魔法《まほう》は解《と》けていない。一日演じ切ると決めたのだから、しっかりして。

自分を奮い立たせた私は、椅子《いす》に座り鍵盤《けんばん》に手をのせると大きく息を吸い込んでから演奏をはじめた。

私が選んだのは両親が好きだった有名な曲だ。イギリスの作曲家が作った曲で、とても優しいメロディが特徴の、私も大好きな曲。

ゆっくりと軽やかに演奏をはじめた。最初は緊張していたけれど、人生で一番たくさん弾いた曲。すぐに指が心地良く走り出した。

すぐ近くまで来て様子を見守っていた隼人さんの目が驚きで見開いている。それを見て思わず口元を緩めてしまった。初対面だから当然だけど彼は私がピアノを弾けることを知らなかったのだろう。

私の特技をひとつあげるなら、それはピアノだ。実は母はピアノ講師で、家で近所の子供たちにピアノを教えていた。その中にもちろん私も含まれている。

両親はことあるごとに私にこの曲をリクエストして、世界一上手だと褒めてくれた。

両親と一緒に過ごした楽しかった日々を思い出すと、指がどんどん滑《すべ》らかになっていく。私は周りの視線を気にすることなく、音の世界に没頭する。すると隣に椅子が置かれてすぐに隼人さんが座った。

一瞬演奏が止ってしまったが、会場の期待に満ちた拍手が静寂《せいじゃく》をかき消した。

「まだいけるな？」

「はい……でも」

「大丈夫だ。ひとりにはさせない」

意外な言葉に驚いたけれど、うれしくて胸が熱くなった。

理華が逃げて迷惑をかけられたはずなのに、こうやって隣で支えてくれている。これが仲睦まじいふたりを演じる演出だとしても彼に感謝だ。

いつの間にか楽譜《がくふ》も用意されていた。お互いに鍵盤に手を置いた。そして視線で合図をして私は鍵盤の上に指を走らせた。

小さなころ、母ともよく連弾をした。母の優しいタッチとは違う指使い。男の人の演奏だけれど、包み込むような優しさを感じるのは、今の私の置かれている状況がそう思わせているのかもしれない。

心地良い演奏。時折目を合わせると彼が口元を緩める。それを見ると胸の中がふわっと温かくなる。こんな形で思い出の曲を演奏するとは思わなかった。そしてこの曲への思い入れが今日また強くなった気がする。

まるで夢の中だった。

気持ちよく演奏を終えた私が現実に引き戻されたのは、隼人さんに手を引かれ立ち上がった時だ。その時はじめて会場が拍手に包まれているのに気が付いた。

私の手を握ったままの隼人さんが隣で頭を下げている。私も慌ててそれに倣《なら》った。

より拍手が大きくなった。ふたりの演奏に対する拍手とともにふたりの婚約を祝福する拍手。

ほっとした私は顔を上げた瞬間、この会場に入ってはじめて満面《まんめん》の笑みを浮かべた。

挨拶《あいさつ》を済ませた私たちは、そのまま逃げるようにして会場を出た。私の手を引いて少し先を歩く隼人さんが私を連れてきたのは、誰も人がいないデッキだった。市街の明かりが遠くに見え、潮風がふたりを包む。

「あははは！」

ここに来るまでほとんどしゃべっていなかった隼人さんが、急に笑いだしたので驚いた。

「あの、どうかしましたか？　大丈夫ですか？」

最初の居丈高《いたけだか》な態度はなくなっていたけれど、冷静できちんとした印象の彼が急に大声で笑いだしたことに私は焦った。

「君は、本当に――」

「本当に？」

いったい何を言われるのだろうと、彼の顔を覗き込む。

「本当に最高だ」

楽しそうに笑う彼と目が合った瞬間、私は思い切り彼に抱きしめられていた。

「きゃぁ！」

いきなりのことに驚いて彼の手から逃れようとする。けれど思ったよりも彼の腕の力は強く抜け出せない。

「まさか君にこんな度胸《どきょう》があったなんて」

「ピアノが弾けたのはたまたまです。他の曲はもうほとんど弾けないと思います」

「それでもだ！」

抱きしめた腕が緩む。彼が私の顔をじっと見た。

「いざこざの話は聞いた。どうして俺に言わなかった？　その中のひとりが君を陥《おとしい》れようとして、司会者に君がピアノを弾きたがっていると言ったらしい」

私が演奏している間に彼はすでに報告を受けていたみたいだ。しかしどうやったらあの短時間の間にここまで情報を仕入れられるのか気になってしまう。

「言うタイミングがなかったんです。でも私が悪いとは思わなかったんですか？」

彼女たちはいわばゲストだ。もてなす側の人間である私が我慢《がまん》するのが普通だ。

彼が私の人となりをよく知っていれば、信じてくれるのも理解できるけれど、彼とは今日が初対面だ。だから私が悪いと思われても仕方ない。

それにもう少し違った対応ができたかもしれない。その点で私が責められても仕方ないと思ったのだけれど……。

「どうして君が悪いなんて思うんだ。東央《ひがしおう》銀行の頭取《とうどり》夫人に裏はとったから」

「えっ、あの方頭取のご夫人だったんですか？」

「知らなかったのか？　挨拶した時……ああ、夫人は人前があまりお好きではないから一緒にいなかったな」

さすがに直前に会っていれば私も気が付いただろう。

「君は誰だともわからずに夫人を助けたのか？」

隼人さんは軽く目を見開いた。

「ええ。だって足がつらそうだったので」

本当にそれだけのことだった。相手が誰だからとか考えたつもりはない。

「あはは！　ますますすごいな。頭取は夫人にメロメロでね。君にお礼が言いたいと言っていたよ。後で挨拶に行こう」

「あ、はい」

しかし替え玉の私がこんなに目立ってしまってよかったのだろうか。幸い理華のピアノは私よりもうまいからそこは困らないだろうけれど。

私と理華は従姉妹だから似ていないこともない。それでもあまり顔を覚えられない方が今後のためだと思うのだが。

「まさかこんなに楽しいパーティになるとは思わなかった」

そう言った隼人さんがもう一度私を抱きしめようとした時、間もなくパーティが終わるから会場に戻るようにと隼人さんの秘書が呼びに来た。

はぁよかった。

彼の半歩後をついていきながら、私は内心ほっとしていた。

それは彼の腕の中が思いのほか心地よかったからだ。もしあのままもう一度抱きしめられていたら……私は彼の背中に腕を回していたかもしれない。

でもきっと深い意味はないだろう。深川商船は海外でも大きく事業を展開している。だからああいうスキンシップも日常茶飯事《にちじょうさはんじ》に違いない。

トクントクンと鳴る胸を気にしないようにしながら、私は隼人さんとともに会場に戻った。

「はぁあ」

車のシートに深くもたれ、私は大きく息を吐いた。

やり切った……。

あの後会場に戻った私たちだったが、パーティが終わってもたくさんの人からピアノ演奏の感想と婚約の祝福の言葉をもらった。着替えて船から降りた私は隼人さんの車で送ってもらうことになった。

本来ならば迷惑をかけたうえに送ってもらうなど図々《ずうずう》しいので、タクシーで帰るべきだと思うけれど心も体も疲れ切っていてお言葉に甘えることにした。

「よく頑張ってくれた」

「はい。でも迷惑をかけたのはこちらなので。申し訳ありません。改めて祖母や理華から謝罪があると思いますので」

理華はともかく祖母や伯父夫婦はこういう不義理を許さないだろう。ビジネスは信頼が命だと祖母が言っていたのを聞いたことがある。

「いや、後日と言わず、今日話をする」

「えっ？　この時間から？」

時計を確認すると、間もなく日付が変わろうとしている時刻だ。

「本来ならば大問題に発展してもおかしくない事態だったんだ。すぐに話し合いの場を持つべきだと思い、パーティが始まる前から藤間の家には連絡している」

「そうだったんですね……じゃあ、私は駅前にでも降ろしてもらえればタクシーで帰りますから」

藤間の家まで行ってしまうと、私の住んでいるマンションから離れてしまう。このあたりでタクシーを拾った方がいい。

「ダメだ」

「えっ？」

反対される意味がわからずに、驚いて隣の隼人さんを見た。

「ダメだ。君も一緒に来てもらう」

「そんな、だって私は理華の代わりにパーティに出席しただけなのに。それに明日仕事ですし……」

できる限りのことはした。役目は果たしたつもりだ。それなのにどうして今更、藤間の家の話し合いの席に出向かないといけないのか。

「君はまだあの従姉妹のことを信用しているのか？」

「え、いや。今回ばかりは呆れました」

たしかに昔からわがままだったけれど、今回はレベルが違う。

「その従姉妹が、話し合いの席で君を悪者にする可能性を考えないのか？」

「え、そんなっ」

こんなに迷惑をかけたのに、まさかそこまで……。

隼人さんは私の不安がわかったのかたたみかけてくる。

「きっと窮地《きゅうち》に立たされたらとんでもないことを言い出すんだろうな。次はいったいどんな迷惑を被るんだろうな」

忍び笑いを浮かべる彼が、どこか楽しんでいるように見えるのは気のせいだろうか。

家族の前で、つるし上げにあっている理華を想像すると、嫌な予感しかしない。今回これだけ周囲に迷惑をかけたのだから……と思うけれど、自分が助かるためならまたうそを重ねるくらいやってしまいそうだ。

「……行きます」

「賢い選択だ」

隼人さんがニヤリと笑った。

やっぱりどこか面白がっている。

私が軽くにらむと、彼はますます笑った。

結局……自宅マンションに戻ることなく私は藤間の家へと向かった。

立派《りっぱ》な数寄屋門《すきやもん》をくぐると枯山水《かれさんすい》の和風の庭園が広がる。

小学生の時初めてこの藤間の家に来た私は、ここを旅館だと勘違いしていた。それくらい個人の邸宅とは思えないほど立派なのだ。

車が止まると伯父と伯母、それに理華が出迎えてくれる……もちろん私じゃなくて隼人さんを。

「深川様、お待ちしておりました」

いつも私に冷たい伯父がものすごく焦っている様子を見て少し同情してしまう。あの伯父がこんな顔をするなんて、どんなまずい状況になっているのか私にもわかり胃がキリキリしてきた。

「このたびは、娘が大変なご迷惑をおかけして申し訳ございませんでした」

深々と頭を下げる伯父。しかし理華は相変わらず我関《われかん》せずだ。少しは反省しているかと思ったけれど、今の態度を見ると謝罪の気持ちはまったく感じられなかった。

伯父は無理矢理《むりやり》、理華の頭を押さえつけて頭を下げさせている。そのタイミングで理華はやっと「ごめんなさい」と蚊《か》の鳴くような声で謝った。

隣に立つ隼人さんの様子をうかがう。彼は「はぁ」と小さくため息をついた。理華の態度を見たなら無理もないことだ。

「謝罪を受け入れるかどうかは、これから話し合いをしてから決めます」

きっぱりと言い切った隼人さんを、伯父が今日の話し合いが行われる応接室へ案内した。

外観は古めかしいが室内はきちんとリフォームされている。しかし応接室にはこの家が建てられた大正時代の名残《なごり》があり、深紅のビクトリアン調の猫足《ねこあし》のソファにシャンデリア、ステンドグラスと、まるでタイムスリップしたかのような世界観だ。

華やかな印象の部屋だが、今はぴんと空気が張り詰めて息苦しい。しかしそんな中でも隼人さんは余裕の表情で出された紅茶《こうちゃ》を飲んでいた。

彼がカップをソーサーに戻した瞬間扉が開いて、祖母が部屋に入ってきた。おそらくすでに休んでいたのを着替えてやってきたのだ。私は祖母のところに駆け寄って家政婦さんと介助を代わった。

「おばあ様大丈夫なの？」

私が小声で尋《たず》ねると、支えている私の手をポンポンと叩いた。

「大丈夫よ。まだお迎えは来そうにないから」

そんな冗談を言っている祖母だったが、顔色はあまり良くない。ここのところ体調は落ち着いているようで安心していたのに。

「深川さん、お待たせいたしました。そしてこのたびのこちらの不手際《ふてぎわ》、誠《まこと》に申し訳ございません」

祖母が深く頭を下げている。さすがの理華もその姿を見て申し訳なく思ったのか唇を噛んでいた。

「藤間さん、とにかく座って話をしましょう」

隼人さんの言葉で祖母が椅子に座ると、彼は祖母の方へ向いた。

「縁談の話は、社長と進めてきたのであって、会長からの謝罪は必要ありません。わたしもお世話になっている藤間会長に頭を下げていただくのは気まずい」

祖母は夫亡き後、藤間リゾートを大きくしてきた。業界では女帝《じょてい》とまで言われたこともある。隼人さんとも付き合いがあったらしく、彼は祖母には尊敬の念を抱いているようだ。

隼人さんが座り直す。伯父たちの緊張がより高まった。

彼の言葉をその場にいる人間が固唾《かたず》をのんで待つ。事業には関係のないはずの私までなぜか緊張してきた。

「理華さんとの婚約の話は白紙」

伯父が慌てた様子で隼人さんに意見する。

「白紙って、それじゃあ出資の話は？」

「もちろん考え直すことになりますね」

出資？　もしかして藤間リゾートの事業はうまくいっていないの？

会社のことはノータッチだし興味もないので私は何も知らないのだ。この家の様子はいつ来ても変わらないから気が付かなかった。

「そんな……もう一度、考え直してもらえませんか？」

「それを言える立場にあると？」

伯父は隼人さんの言葉にこぶしをぎゅっと握りしめた。

「おっしゃる通りです」

今回のことに関しては藤間の家が全面的に悪い。一切《いっさい》の言い訳などできない。だからと言ってこの婚約の話を白紙にすることは事業の衰退につながる。伯父にとっては縋り付いてでも縁談をまとめたいようだ。

「しかし、わたしもずっと懇意にしてきた藤間さんとの関係を失いたくはない。そこでこちらの出す条件をのんでくれるなら、藤間家との婚姻をもう一度前向きに考えたいと思います」

「えっ？」

それまで悲壮感《ひそうかん》漂う顔をしていた伯父の表情が変わった。私もほっとした。

理華との結婚は私も勧められないけど、他の条件なら伯父がなんとかするだろう。

隼人さんがちらっとこちらを見た。その瞬間言いようのない悪寒が体を駆け抜ける。

何これ……嫌な予感しかしないんだけど。

悪い予感ほどよく当たるなんて言うけれど、まさにその通りだった。

「婚約者を、理華さんからこちらの渚さんに変えてもらいたい」

いったい何言っているの？　私が彼女の代わりをしたのは今日のパーティの間だけ。

そこでお役御免《ごめん》のはず。いや、どうしてそうなるの？

数秒間、頭の中で疑問ばかりがわき上がった後――。

「ええええ？」

私の口から出たのは叫び声だった。

「どどどど、どういうことなの？」

「そのままだけど。俺と結婚するのは君だよ。渚」

何を言っているんだろう。今もしかしたら隼人さんの頭が混乱しているのかもしれない。

「そそそそ、そんなの無理ですっ!!」

今日のパーティの間の数時間でも、大変な思いをした。あとわずかだからと何度も自分に言い聞かせてやり切った。最後は達成感さえ覚えたのに、あれをもう一度……というか永遠にってこと?

「無理、無理、無理、無理」

ものすごく緊迫《きんぱく》した雰囲気だというのはわかっている。しかしパニックになった私はまともな言葉が口から出てこない。

顔の前で手を振って全力で拒否した。ただなんとかして隼人さんの申し出を全力で拒否することだけを考えていた。

「婚約者を理華の代わりに渚にするということですが、深川さん」

それまで驚いていただけの伯父が口を開いた。コホンと咳払いをひとつして落ち着いた後、話を続ける。

「渚は一般家庭で育ちました。深川商船の社長夫人になる教養なんてものは皆無《かいむ》です。それに比べれば理華は……たしかに今日の行動はけっして褒められるものではありません。ですがずっと藤間家の娘として育ってきた理華はきちんとした教育を受けています」

たしかにそうだ。どっちが藤間の娘かと問われたら十人中十人が理華を指さすだろう。私はどこからどう見ても根っからの庶民だ。

伯父が私の味方をしてくれるなんて、出会って初めてのことだった。もっと頑張ってどうにか私が結婚しなくて済むようにしてほしい。

けれどそううまくはいかない。

伯父の言葉に隼人さんはすぐに眉をひそめた。

「そうですか、でもわたしにはそうは思えない。もし理華さんにそのような教養が備わっていたならば、人との約束がどれほど大切かはわかっていたはず。従姉妹に代理を任せて欠席するなど考えられない。違いますか？」

誰も反論できない。今日の理華の起こしたことは大問題だ。良家《りょうけ》の子女《しじょ》がどうとかということではなく人として問題のある行動だ。

「本当に申し訳ございませんでした。理華にはもう一度きちんと話をします」

伯父が再度謝罪の言葉を口にする。

「ですからもう一度だけ、ほら。理華からもちゃんとお詫びして――」

「えっ、私？」

それまでおとなしく座っていた理華は、急に話を振られて焦った様子だ。自分が起こした事件で周囲がこんなに夜遅くに話し合いをしているのにその自覚さえないようだ。

とりあえずといった様子で頭を下げている。

その様子を見た隼人さんは思い切りため息をついた。藤間側の人間の私でさえ理華の態度には呆れる。それなのにまだ理華を深川家に嫁《とつ》がせようとするなんて、都合の良すぎる話だ。

「藤間さん、まだそんなことをおっしゃるのですか。それならば今回の話はなかったことにしてください」

立ち上がりかけた隼人さんを慌てて伯父が止めている。

「待って、いえ、あの……ほら、渚の気持ちも大事ですから」

「理華さんは無理やり結婚させようとしたのに？」

「……それは」

何を言っても無駄《むだ》だろう。

私の最後の頼みの綱だと思っていた伯父も彼を説得できないとわかると、私は落胆《らくたん》して肩を落とした。

「うちとの業務《ぎょうむ》提携《ていけい》および出資の話は、わたしと渚さんが結婚することが条件です。

それ以上は譲れません」

「そんな！」

それまでは黙って聞いていた私だったが、伯父が説得に失敗したので自分でなんとかするしかないと思い口を開く。

「考え直して下さい。いきなりどうして」

「理由は俺が君を気に入ったから」

「だからどうしてそうなるんですか？」

話が通じなさ過ぎて頭を抱えた。

「それに今日の俺たちを本物の婚約者同士だと、パーティの参加者は信じていると思うけどな」

たしかにそう見えるようにふるまったけれど……。でも船から降りれば破談《はだん》にするなり何か手を打ってくれると思っていたのだ。私の考えが浅いと言われればそれまでだけれど、あの時はパニックでそこまで深く考えられなかった。

私ががっくりとうなだれると、隣にいた祖母が初めて口を開いた。

「深川さん、時間も時間ですし、この話は少しお時間をいただけないかしら？」

「もちろんです。一生のことですので、よく考えていただきたい」

いくら考えても無理なような気がする。

しかしここでこのまま話をしていても、隼人さんは自分の意見を譲るつもりはないのだから埒《らち》が明《あ》かない。

すべて私の返事次第《しだい》。まさかこの家に来る時にはこんなことになるとは思っていなかった。今ごろお風呂《ふろ》に入って、明日の仕事に備えて狭いけれど快適なベッドで眠りについていたはずなのに。

どうしてこうなった――。

問いかけても答えは出ず。

そもそもの元凶である隼人さんは「また会おう」と私に言って部屋を出て行った。

私はその背中を思い切りにらんだが、彼はきっとそれに気づいたところでなんとも思わないだろう。

「はぁ。どうしたらいいの？」

思わず口からこぼれた。

「お前、いったいなにやったんだ！　どうして理華じゃなくて、お前と結婚したいなんて言い出した？　本当に育ちが悪いとなんでもやる」

伯父の怒りの矛先《ほこさき》が突然私に向けられた。これまでは隼人さんがこの場にいたから我慢していたのだ。

どうして私が……こんなふうに言われないといけないの？

理華に言われて出向いた先で彼女の代理まで務めたのに。感謝こそすれ、こんなふうにそしられる理由なんてないはず。

悔しくてさすがに言い返そうと思った瞬間、祖母が杖で床を強くたたいた。

「お黙りなさい。それ以上口を開いたら、親子といえども外に放り出すわよ」

「でも、母さん――」

「あら、聞こえなかったのかしら？」

じろりと伯父をにらむ祖母は、いつもの優しい雰囲気はなりを潜め、周囲を圧倒《あっとう》するような威厳を感じさせる。普段は私にとってはただの〝おばあちゃん〟なのだが、こういう時にはやはり大企業の会長なのだと実感する。

「責められるのは渚ではなく理華でしょう。それとあなた自身ね。理華を少し甘やかしすぎたようね」

よいしょと声をかけて立ち上がる祖母の介助をする。

「今日はもうおしまい。明日また話し合いましょう。いきましょう、渚」

「はい」

私室に向かう祖母を支え一緒に歩く。

部屋を出た祖母は、すぐに私をねぎらってくれた。

「あなたも災難だったわね。ごめんなさい」

「いいえ、おばあ様のせいじゃないですから。それに私が安請《やすう》け合《あ》いしたのも悪かったので」

普段から理華の頼み事は、断る方が面倒だったから、渋々《しぶしぶ》ながらも手伝ってきていた。それの延長だと思い詳しい内容も聞かずに引き受けてしまったのも良くなかった。

「はぁ、理華にあなたの半分でもその謙虚《けんきょ》さがあればこんなことにはならなかったわね。隼人くんが渚の方を気に入った気持ちがわかります」

「え、いや、でもそれは……」

私は祖母の言葉を否定しつつも、「隼人くん」と親しげに呼んだことに驚く。

部屋に到着すると祖母はベッドではなくその脇にある安楽椅子《あんらくいす》に座った。

「ねぇ、今日はもう遅いから泊っていくでしょ？」

「はい……そうさせていただきます」

祖母が目配《めくば》せすると家政婦さんが部屋を出て行った。おそらく客間の用意をしてくれているのだろう。

「だったら、コーヒーを淹《い》れてくれない？」

「こんな時間から？」

時計は二時を過ぎている。

「しばらくは眠れそうにないもの。だからあなたのコーヒーが飲みたい」

たしかに私も眠気《ねむけ》はまったくなく、色々と頭が痛いことが山積みで眠れそうにない。

「ではキッチンお借りしますね」

祖母の部屋には簡易キッチンが備え付けられている。そこには私がこの家に来た時に淹れるコーヒーのセットが一式そろえられていた。

コーヒーミルを取り出して、ゴリゴリと削る。最初は重かったハンドルが徐々《じょじょ》に軽くなっていく。ペーパーでドリップするので中挽《ちゅうび》きにした。ハンドルの動きで判断して豆を確認すると、いい具合だ。ドリップケトルにお湯を移し、ドリッパーにペーパーをセットして湯通しする。湯通しが終わればさきほど挽いた豆を入れて、少量の湯を加えて蒸らす。部屋に良い香りが漂いはじめた。

時計を見ながら少しずつお湯を回し入れると、ポタポタとわずかに赤みを帯びた褐色のコーヒーがサーバーの中に落ちていく。

なかなかいい出来だと思う。

色々あって疲れているはずなのに、好きなことをする時にはその疲れを感じないから不思議だ。祖母のリクエストに応《こた》えた形だったが、自分が落ち着く時間にもなった。

「お待たせしました。ここに置きますね」

祖母の定位置の安楽椅子の横にあるサイドテーブルに置いた。

彼女は向かいに置いてある椅子に私を座らせてコーヒーを一口飲んだ。

「……美味《おい》しいわ」

「ありがとうございます！」

祖母に美味しいと言われると他の人に言われるよりも数倍うれしい。なんといってもこのコーヒーの淹れ方を教えてくれたのは父だから。父の味をその母である祖母に味わってもらっていると思うと感慨《かんがい》深《ぶか》い。

父は藤間の家を出て小さな税理士《ぜいりし》事務所に勤めていた。私と違って頭がよかったので数年の勤務の間に税理士試験に合格して独立し、小さな税理士事務所を開いていた。

勤勉で実直な父の数少ない趣味がコーヒーを淹れることだった。勉強もかねて様々な喫茶店やカフェに私や母を連れて行くのも好きだった。その影響で私もコーヒーが好きになり、今はカフェのバリスタとして働いている。

「誰に淹れるよりも、おばあ様に淹れる時に一番気を使います。お父さんの味に近づけるように」

駆け落ちをして家を出た父は藤間の家とのかかわりを絶っていた。特におじい様の怒りは相当のもので、家人の誰もが彼を怖れ父には近づかなかった。おじい様の亡き後も、父が事故で亡くなるまで音信不通だったのだ。

祖母はもっと早く父に連絡を取っていればと、今もなお後悔している。だからこそ……父への思いをまぎらわすかのように、私のことを大切にしてくれている。祖母の無念《むねん》がわかるからこそ私はできるだけ自分の中にある父を伝えたかった。

「ありがとう……気持ちがこもっているからあなたのコーヒーは美味しいのね」

「もちろんそうですけど、これでも私プロですから」

少し冗談めかして胸を張って見せる。すると祖母はクスクス笑った。

私も一緒に笑ってコーヒーを飲んだ。

お互い少し落ち着いたところで先に口を開いたのは、祖母だった。

「渚、隼人くんの申し出はどうするつもり？」

「どうするも、こうするも。無理な話ですよ。私が彼と結婚するなんて。おばあ様からも彼を説得してもらえませんか？」

彼も祖母の言葉なら耳を傾《かたむ》けてくれるかもしれない。そう思い願い出る。

「私ね、隼人くんの伴侶《はんりょ》は、理華よりも渚の方がいいと思うわ」

「な、何言って、おばあ様まで！」

唯一味方になってくれると思った祖母まで、彼との結婚を勧めてくるなんてどういうことだろう。

「だって理華には隼人くんは勿体《もったい》ないもの」

「それは私にだって同じですよ」

あんな極上の……誰もが手に入れたくなるような男性の隣に立つのは私には荷が重すぎる。

「あら、隼人くんのことは嫌い？」

「いえ、そういうわけではないんだけど……とにかく無理なんです。なんだかものすごく偉そうだし」

今日一日だけでも恐ろしく疲れた。この先一生だなんて耐えられそうにない。

「あら、でも彼は案外人の気持ちがわかる子よ。だからこそあの若さで深川商船を束ねることができているの」

「たしかにそうなんでしょうけれど……」

不遜ながらも私にも優しい一面を見せてくれた。それに船のデッキで見せた彼の無《む》邪気《じゃき》な笑顔は本当に素敵だった。ただ偉そうなだけの人ではないと私でもわかる。

ここまできてさっきから気になっていたことを聞いた。

「おばあ様は隼人さんを以前からご存じなんですよね？　それはお仕事で？」

隼人〝くん〟と呼んでいるような関係だ。さっきの彼に対する評価からも彼のことをかなり詳しく知っているようだった。

「彼のことは小さなころから知っていたの。彼は子供のころ彼のお父様やおじい様に連れられてよくパーティや会食なんかに来ていたの。小さいころの彼は、本当に王子様みたいでね。それはそれはみんなにかわいがられていたわ」

小さいころから人を引き付ける容姿《ようし》だったに違いない。愛らしく笑えばきっと周りの大人たちを魅了《みりょう》するのはたやすかっただろう。

「それに彼はとても賢かったのよ。大人たちの会話をちゃんと聞いて理解していた。そうやってもともとの資質もさることながら、経済界の重鎮《じゅうちん》たちに顔を売り、そこで物おじしない度胸を付けた。頭の回転も速かったから、彼が深川商船を引き継ぐとなった時『やっと時代がきたか』と長老たちが話をしていたくらいよ」

経済界では出る杭は打たれるというイメージがある。足を引っ張り合ったり、敵を陥れたり……ドラマの見過ぎと言われればそれまでなのかもしれないけれど。そんな中で各業界の偉い人たちから社長就任の時点で評価されているなんてすごいことだ。

「でもなおさら、そんなすごい人なら私なんて……あ、でもさっき出資とかって話がでていましたよね、あの……」

私は聞きかけた口を閉ざした。あまり良い話ではないので聞くべきかどうか逡巡してしまう。

「健三にはね……隼人くんみたいな商才《しょうさい》はなかったみたいね。ここのところうちの会社の業績は右肩下がり。これは深川家みたいにちゃんと小さなころから後継者教育をしていなかった私が悪かったのよね。だからといってもう私がでしゃばるわけにもいかない。それこそ息子のプライドを傷つけてしまう。でも……まさか娘の結婚に会社の未来を託すなんて……非常識だわ」

どうやら業績の不振は本当のようだ。そしてそれを事業ではなく同じく大企業との縁談でどうにかするつもりらしい。

「おばあ様はこの結婚反対なんですね」

「まあ、正確に言えばそうだった……かな」

「だった、って？」

過去形になった理由を知りたい。

「隼人くんがあなたを選んだから、この縁談もありなんじゃないかなって思えたの」

「ど、どうして?」

まったく理由がわからずに驚く。

「それはまぁ……女の勘かしら」

「え?」

まさかそんな答えが返ってくるとは思わなかった。もっと明確な理由があると思っていたのに。

「でも、最後はあなたが決めなさい。私はあなたがどんな結論を出しても、それを応援するわ」

「……わかりました。ちゃんと考えてみます」

無理だと結論は出ているはずなのに、なぜ考えてみるなんて言ってしまったのだろうか。

きっと疲れているから……そうに違いない。

私は祖母に「おやすみなさい」と伝えると、用意された客間に向かった。そして自宅のベッドよりもよほどふかふかのその布団《ふとん》の中で、今日一日にあったことを振り返った。

急に理華の代わりに隼人さんの婚約者のふりをしたこと。大変だったけど……貴重な経験だったと思う。

祖母の言う通り隼人さんは偉そうなだけの人ではない。私が背中の傷のために、彼が選んだドレスを着られないとなった時は、理解を示しそして謝ってくれた。

それにピアノの連弾は楽しかった。初めて一緒に弾いたのにあんなにうまくいったのはまぐれだろうが、その後見た彼の笑顔は本当にまぶしかった。きっと一生忘れられないだろうな。

一生か……もし、もしも、本当に仮に……私が隼人さんと結婚するってなったらどうなるんだろう。あの笑顔をこれから先何度も目にすることになるんだろうか。

ふとそんなことを考えてしまったが、頭を激しく振って否定する。

「結婚だなんて無理に決まっている」

父が逃げ出した一般家庭とは違うこの世界。そんな中でやっていく自信は到底ない。

明日起きて、伯父たちのとの話し合いの場でちゃんと言おう。きっと伯父だって、理華をどうにか嫁がせたいのだから何か策を考えてくれているに違いない。

私は伯父に望みを託して目を閉じた。悩みが頭をぐるぐる回っている。しかしパーティで心も体も疲れた私はすぐに眠りの淵《ふち》に落ちていった。

翌朝。

本来ならば今日は仕事の日。しかし人生の岐路に立たされている私は『家庭の都合』という理由で休みをもらった。こういう時でないとなかなか有休も消化できないから、よしとしよう。

昨夜遅くまで起きていたので、遅い時間にブランチを食べた。食べ終わったら伯父の書斎《しょさい》に来るようにと言われ、私は食事を早めに切り上げて向かった。

コンコンとノックをするとしばらくして「どうぞ」という声が聞こえた。私が中に入ると三人掛けのソファに伯父と理華がいて、私はその向かいの一人掛けのソファに座るように言われて座った。

昨日の話し合いの場でわずかに反省の態度を見せていた理華だったが、今日はもういつも通りの彼女だった。どこか我関せずな感じでソファに座りスマートフォンのゲームに夢中だった。

相変わらずだな。これからのことを話し合う予定なのに。のんきな従姉妹の様子に思わずため息をつきそうになる。

「理華、昨日はなぜ渚と入れ替わったりしたんだ？　深川商船に嫁げば今以上の暮らしができるんだぞ。それなのに、どうして？」

唐突《とうとつ》に話しはじめたのは伯父だった。

「だって……私、結婚したい人がいるんだもん」

「え、そうだったの？」

理華に彼氏がいるなんて、初耳だった。しかも将来をともにしたいと思えるほどの相手だなんて驚いた。

それならば無理やり結婚させられるなんて嫌に違いない。

「あのバンドマンか？」

「違うパパ。彼はただのバンドマンじゃない。アーティストなのよ」

今、そこは問題じゃないだろうと思いつつも、親子の会話に口を挟まず耳を傾けた。

「どっちにしろ、あんなボンクラのヒモ男なんて、わたしは絶対認めないぞ。だから今回の縁談をもちかけたのに」

「ひどーい、パパ。じゃああの深川商船の人と結婚して浮気してもいい？」

浮気!? 私は理華のトンデモ発言に思わず目を見開いた。

「良いわけないだろう！」

いつもは娘に甘い伯父も、今回ばかりは頭を抱えている。

「なぁ、理華。お前が深川家に嫁に行かなければ、事業が立ち行かなくなる。結婚すれば大事な藤間リゾートを存続できるんだ」

「嫌よ」

「お前は、親孝行という言葉を知っているか？」

「知らないわよ、そんなの」

どうも親子の会話は平行線をたどっている。伯父が、はぁと大きなため息をついた。

「この縁談で出資や事業提携が受けられて、そのうえ理華があのヒモ同然の男と別れられると思ったんだが」

「ヒモじゃないもん！　彼の仕事が続かないのはみんなが彼の才能を理解していないからだよ。ちょっと休憩しているだけだよ」

「そう言って三年もまともな職についてないじゃないか。そんな男やめて深川さんと結婚しなさい。その方が幸せになる」

たしかに三年は少し長すぎるような気がする。理華との将来のことを考えているならば、せめてなんとか我慢して仕事を見つけられなかったのだろうか。

「彼以外の人と結婚するなんて絶対に無理よ。だって……」

それまで勢い良く話をしていた理華が口ごもる。視線を床に落として目を伏せる。

「だってなんだ、はっきりと言いなさい」

しびれを切らした伯父が、理華に詰め寄る。理華は意を決したように口を開いた。

「だって私、彼の子供を妊娠しているんだもの！」

「えっ！」

声を上げたのは私だけ。伯父は驚愕《きょうがく》のあまり言葉も出ないようで口をパクパクさせている。その顔には驚きとともに怒りも感じられて、理華の落としたその爆弾の衝撃《しょうげき》がすさまじかったことがわかる。

「な、なんだとー！」

その後伯父の声が屋敷内に響き渡った。書斎の扉の向こうから「どうかなさいましたか？」と言う家政婦《かせいふ》さんの声が聞こえてきた。

「あの、大丈夫ですから。気にしないで」

そう言われてもこんな大声が聞こえたなら、中で何かあったのだということがわかるだろう。しかしそう言うしかなかった。

「ふうー、ほ、本当なのか？」

伯父は大きく息を吐き、爆発しそうになる感情を抑えて事実を把握するように理華に尋ねた。理華が小さく頷くと、伯父は全身の力が抜けたのかソファの背もたれに倒れるようにしてもたれかかった。そして唸《うな》るような声で理華を責めた。

「お前というやつは……ここまでバカだったとは。情けない」

「だって仕方ないじゃない。できちゃったんだもん」

伯父のショックは計り知れないだろう。未婚の娘が妊娠していることが発覚したのだから。しかし当の本人は、あっけらかんとしたものだ。

そして伯父にとっては、娘の妊娠もショックだが、これで理華と隼人さんの結婚の話が完全に無くなってしまったこともショックだったに違いない。

いつも私に嫌味を言っている時の傲慢な伯父の姿はそこにはまったくない。肩を落として今の状況をどうにか受け入れようとしている。それも仕方ないのかもしれない。自分の思い描《えが》いていたことがすべてダメになってしまったのだから。

「こうなったら……」

伯父がそれまでソファの背もたれにうずめていた顔を持ち上げてゆっくりと私の方を見た。嫌な予感で背中に冷たいものが走る。

伯父の視線が私をとらえた。

「渚、お前が深川さんと結婚しなさい……いや、してくれるか？　頼む」

伯父が立ち上がり私に深く頭を下げた。伯父は今まで一度だってこんなふうに私に頭を下げたことなどない。プライドの高い伯父がここまでするなんてよほど必死だということがわかる。伯父の気持ちを汲《く》めば「はい」と言うべきだと思う。でも事はそう簡単にいかない。私の一生のことだ。

「そんなの……無理です」

「無理でもなんでも、結婚してもらわなきゃ困る。そうでもしなければうちの事業はあっという間に立ち行かなくなる。お前は祖父母が必死になって大きくした会社をつぶしてもいいのか？　従業員は？　そしてその家族は？　全員が不幸になるのをお前は平気でいられるのか？」

「それは……でも伯父さんだって昨日は、私では深川商船の社長夫人は無理だって言ってたじゃないですか」

昨日まで伯父は隼人さんの申し出に反対していたはずだ。

「それは理華の方がふさわしいと思ったからだ。今だって渚よりも理華の方が社長夫人としてふさわしいと思う。だが妊娠しているとわかった娘を、お腹の子の父親でもない相手に嫁がせるわけにはいかないだろう」

「それはそうだけど……」

伯父の言うことはもっともだ。

「もう深川家との姻戚《いんせき》関係を結ぶには渚、お前が結婚するしかない。それにそもそも先方は理華ではなくお前を望んでいる。向こうの言う通りにした方がいいだろう」

そんな……。たしかに他の人の子供がお腹の中にいる理華が隼人さんと結婚するわけにはいかない。でもそれ以外に何か方法がないのだろうか。

「あの、結婚以外何か方法はないんですか？　姻戚関係がなくても実績やアイデアで業務提携が……」

「無理だ。渚、お前は事業というものがわかっていないからそんな簡単に言えるんだ。そんなことはとっくにやっている。最後の手段でこの縁談話を持ち込んだんだ」

最後の手段か……。まさかそんなに事業がまずい状態だったなんて。

「渚、頼む。この通りだ。親父が作って会長が守ったこの会社を今俺がつぶすわけにはいかない。家族や従業員を助けると思ってこの結婚話を受けてくれないか」

伯父が私に向かってもう一度頭を下げた。毛嫌いしている私に頭を下げるなんて。それだけ必死なのだ。そして……伯父の後ろにいる家族や従業員のことを思うと私が頑張ればなんとかなるのではないかと思う。

「ずっととは言わない。出資が受けられて事業が軌道《きどう》にのれば婚約は解消してもいい。今を乗り越えればなんとかなるんだ。だから頼む。渚」

こんなに頭を下げられてそれでも即答できない。私にとって祖母は言わずもがな大切な人だし、伯父夫婦や理華だって不幸になってほしいわけじゃない。それに全国にいる従業員やその家族のことを言われると、私が頷けばすむのであれば「はい」というべきなのはわかる。

でもやっぱり……どんな形でも結婚だ。子供っぽいと言われようと、やっぱりお互い思い合っている人と将来を誓いたいと思う。駆け落ちまでした父と母が幸せそうにしていた姿を今でも覚えているので、そういう夫婦に憧《あこが》れてしまう。

「すぐにはお返事できません。一週間だけ待ってください」

「……わかった。くれぐれも周囲の人間のことを考えてくれ。それと先方にも一週間ほど返事を待たせると伝えるからな」

「はい」

そうして私は一週間の猶予《ゆうよ》を得た。到底その一週間で答えが出るとは思えないけれど、それでもどんな形でも、私はこの結婚に対する答えを出さないといけないのだ。

第二章

ボサノバの流れる店内。コーヒーの豊かな香りと焼きあがったケーキの甘い匂いが漂うこの瞬間、店内が一番幸せな空気に包まれるような気がするとオーナーに言ったら、君は大袈裟《おおげさ》だなと言われた。

けれど私は毎日そう思いながら都内にあるカフェでバリスタとして働いて四年目だ。仕事にも慣れて、面白さもわかってきて毎日一生懸命働いている。

しかし今日ばかりはそんな元気も出なかった。

「はぁ……どうしよ」

お店の裏のごみ置き場にごみを捨てた瞬間思わずため息が出てしまった。バタバタしていると気がまぎれるけれど、ふとこういう瞬間に考えたくないことが頭の中に浮かんでくる。

「なんだ、でかいため息ついて」

誰もいないと思っていたのに、突然背後から声をかけられて驚いた。

「オーナー、何しているんですか？」

現れたのは忍田公介《おしだこうすけ》。このカフェのオーナーで実業家だ。このカフェを含め都内に数店飲食店を経営している。

「何って、仕事して帰ってきたんだ」

「あ、それはそうですよね。あの、先日はお休みしてしまってすみませんでした」

「ああ、別に構《かま》わない。それよりも藤間、美味いコーヒー淹れてくれ」

「はい。わかりました」

私の勤めるカフェサルメントは、バリスタがこだわりの一杯を淹れ、それに合う料理やスイーツをシェフやパティシエが作る。オーナーは正直、採算度外視《どがいし》の趣味の店だと言っているが、まさにその通りだ。

店内はいつも満席。ただオーナーの方針で客席の数を少なくしているためだ。そうすることで顧客にゆったりと過ごしていただくことが、この店のコンセプトだからだ。

外で打ち合わせを終えたらしいオーナーは、そのまま店内のカウンター席に座る。

二階はオフィスになっているので、彼は時にこうやって店にやって来る。この席でお客さんや従業員の表情、店の雰囲気、提供している料理の質。それらを感じそしてまた新しい事業を考え生み出していく。

私は初めてこの店に来た時のことを思い出していた。

＊＊＊

就職活動中。カフェサルメントの面接を受けた時は、ちょうど連日のテストや面接のおかげで疲れ切っている時だった。

面接の後どうしても美味しいコーヒーが飲みたくなり、一階の店に入りカウンターに座った。まさに今オーナーが座っているところだ。

カフェラテを注文して、スマートフォンさえ触らないでずっとカウンターの奥で作業しているバリスタを眺めていた。無駄のない動き、高性能なエスプレッソマシン。自宅で淹れるコーヒーでは出せない味わいをここでは提供してくれる。

こうやって注文したものが届くのを待つ間が私は好きで、わくわくしながらコーヒーができるのを待っていた。

「お待たせしました」

流れるように差し出されたカフェラテを早速口にすると、それまで面接で気を張っていた疲れがフワッとなくなっていくのがわかった。それはこの店の雰囲気もあるのだと思う。けっして静かすぎない。けれど騒がしくない。居心地の良い空間で私は目の前のカフェラテを思い切り堪能した。

「君、本当にコーヒーが好きなんだね」

「えっ」

いきなり隣の席に男性が座った。その人物を見て驚いた。先ほど面接を受けた相手だったから。

「あの、えっと。ハイ」

「だろうね。君だけだよ、面接であんなうれしそうにコーヒーについて語ったのは」

緊張していて何を話したのかあまり覚えていない。それも仕方ない、このオーナーはイレギュラーな質問ばかりしてきた。志望動機や学生時代に頑張ったこと……そんなものはすっとばして、まるでその場の思いつきのような質問が繰り返された。

私はもう答えるのに必死で、答えが正しいかどうかさえ考える暇すら与えられなかった。ただ、好きなものは？　と聞かれた時に即座にコーヒーと答えたことだけは覚えている。

「君、四月からよろしくね」

「え？　私合格したんですか？」

人事担当の人からは結果は一週間後と言われていたのだが。

「え、うん。僕がOK出したの君だけだから。頑張ってね」

「え、あ、え。あの、はい！」

喜びで小学生のように元気良く返事をした私を見て、オーナーはクスクスと笑っていた。

＊　＊　＊

オーナーにコーヒーを淹れながらそんなことを思い出していた。面接を受けた時は、まさか自分がこうやってオーナーにコーヒーを淹れる日が来るとは思っていなかった。

「何考えてんの？」

「え、ああ。就職面接の帰りにオーナーとここで話をしたなって……」

「ああそうだったっけ？　何年前」

「四年……でしょうか」

「もうそんなに経つのか。藤間はまだ大学生みたいなのにな」

「少しは成長してます」

むっとした私を見てオーナーが笑った。

「そうだな。間違いなく、コーヒーを淹れるのはこの店で一番美味い」

味にうるさいオーナーに褒められるなんて、うれしい。

「またそうやって、すぐに藤間ちゃんを甘やかす」

ふたりのやり取りを聞いていた店長の菊田《きくた》さんが笑っている。

「別に藤間だけ甘やかしているわけじゃないだろ。菊田、お前もかわいがってやろうか」

「あなたのおもちゃになるのは、まっぴらごめんです」

「ひどいな、菊田は」

ふたりのやり取りを見て笑っていた私は、入り口のドアを開けて入ってきた人物を見て声を失った。

どうして……ここに？

「いらっしゃいませ」

菊田さんが声を上げながら、私の方を横目でちらっと見ているのはわかる。

いつもの私ならば、誰よりも先にお客さんに気が付き声をかける。しかし今は驚きで固まってしまっているのだ、不思議に思われても無理はない。

「藤間ちゃん、どうかした？」

腕を肘《ひじ》でつつかれて我に返る。オーナーも心配そうな顔でこちらを見ていた。

「いら……しゃいませ」

私がやっと声を発した時には彼はもう目の前にやって来ていた。ここに来るはずのない人、隼人さんが。

うそでしょ。だってまだ私、心の準備ができてないのに。

しかし彼は私の気持ちなんてお構いなしだ。

「ここいい？」

彼はオーナーが座っているところからひとつ席をあけたところを指さした。

「他のお席も空いておりますよ。あちらの窓際《まどぎわ》の席なんかおすすめです」

気を利かせた菊田さんが隼人さんに奥にあるテーブル席を勧めた。しかし彼はそれを無視して私をまっすぐ見てもう一度言った。

「ここいい？」

オーナーも菊田さんも、私たちの尋常《じんじょう》でない様子を見て少し驚いたようだった。

「どうぞ」

私が声をかけると隼人さんが座った。

「コーヒーを。君が淹れてくれるかい？」

私に名指しでコーヒーを淹れさせるのは、オーナーくらいだというのに。

「かしこまりました」

軽く会釈をしてカウンターの奥に向かう。オーナーや菊田さんが何事だと、成り行きを見守っていた。

サイフォンの用意をしていると菊田さんが隣にやってきて小声で尋ねた。

「知り合いなの？」

「はい」

短く返事をした。菊田さんはきっと彼がどういった知り合いなのかまで聞きたかったと思うけれど、私はそれに気が付かないふりをした。

しばらくするとサイフォンからコポコポと音が聞こえはじめた。それをいいことに私はコーヒーを淹れることに集中しているふりをする。だが内心は……。

どうしよう、どうしよう、どうしよう!!

冷汗をかいていないのが不思議なくらいパニックで、これからのことを考えなくてはいけないのに混乱していてそれどころではない。

なんでこんなところまで来たの？　そもそも社長さんってそんなに暇なの？

そんな今考えても意味のない疑問しかわいてこない。

そんなことよりも、早く帰ってもらわなきゃ。とりあえずの目標をそこに定めて、私は出来上がったコーヒーを隼人さんの元に運んだ。

「お待たせしました」

カウンター越しに彼の前にカップを置いた。彼はそれにすぐ手を伸ばし一口飲んだ。一瞬目を軽く開いて、口元を緩めた。

「これは、美味いな」

「ありがとうございます」

色々考えながら淹れたけれど、うまくできたみたいだ。毎日淹れているので体が覚えているおかげだろう。

それから彼はゆっくりとコーヒーを飲んだ。一口一口味わうように。自分の淹れたコーヒーをそうやって丁寧に飲んでくれるのはうれしい。

けれど、今はそれどころではない。フロアにいる従業員全員が、私と隼人さんに注目している。菊田さんはもちろんカウンターにいるオーナーだって、いつもならコーヒーを飲んだらすぐに事務所で仕事をはじめるのに、今日はスマートフォンを触ったり時計を見てみたり、明らかに時間稼ぎをしている。

こんな中で話をするのは本当に気が引けるんだけど、隼人さんだってわざわざコーヒーを飲みに来ただけではないはずだ。

「それで、今日はどうなさったんですか？」

私は仕事中だ。いつまでも隼人さんに時間をとれるわけではない。

「どうして連絡してこない？」

「えっ？」

聞き違えたかと思って、もう一度確認した。

「どうして俺に連絡してこない。連絡先は知ってるだろ」

「はい……あの、でもまだあれから数日しか経ってませんし」

隼人さんからは連絡先を書いた名刺《めいし》をもらっている。しかし結論がまだ出ていないのに連絡したところで何を話せばいいのかわからない。

「それに伯父には一週間待ってほしいとお願いしました。それをそちらに伝えてもらうようになっていたはずなんですが、聞いていませんか？」

「聞いている」

だったらどうしてここに来たの？

思わず声に出して詰め寄りそうになったのをぐっと抑えた。ここは周りの目がある。

近くにいるオーナーなんか野次馬《やじうま》根性丸出しで、私たちの話にじっくり耳を傾けている。

　はぁ……お店には迷惑かけるけど仕方ない。

「オーナー、少し休憩いただいてもいいですか」

「お、おう。いってらっしゃい」

　いきなり呼ばれたオーナーはびくっと肩を震わせた。じっくり私たちの話を聞いていたので気まずい笑みを浮かべて、それでも私の休憩を許可してくれた。

　カウンターから出た私は「こっちです」と隼人さんを引っ張って会社の屋上に向かった。

　エレベーターで屋上に上ると太陽は西に傾きはじめていた。オフィス街を見渡せるここは、屋上庭園にもなっていてお昼休みなんかは社員が休憩に使っていたりする。ちょうど今は誰もいないみたいでほっとした。

　隼人さんは、ため息をつきながら腕を組みフェンスにもたれかかった。

「なんだよ、こんなところに連れてきて」

「あそこで話をするわけにはいきませんから」

「なぜ？」

「なぜって、私の同僚《どうりょう》に聞かれたら困るので」

「俺たちの婚約のこと？」

「な、私はまだ了承《りょうしょう》していません！」

冷静に話をしなくちゃいけないってわかっている。けれど煽《あお》るような隼人さんの言い方にのせられてしまう。

「何を考えることがあるんだ？　どうせ結婚することになる。悩むだけ無駄だ」

彼の言葉にカチンとくる。そういう立場にないのはわかっているけれど、それでも我慢できなかった。

「どうせってなんですか、人の結婚を」

「俺の結婚でもある。それにこの〝どうせ〟という意味は遅かれ早かれという意味で、結婚自体を軽んじているわけではない」

「あの、わかってます、わかってますけど！　でも普通は付き合って何度もデートしてお互いの好きなもの嫌いなものとか把握して」

「体の相性も確認して？」

「そうそう、いや待ってそれは！」

流れで頷いてしまったけれど急いで否定した。しかし隼人さんはクスクスと笑っている。

もう！　真面目《まじめ》な話をしているのにからかったりして。ひどい。

しかし私は気を取り直して話を続ける。

「ある程度の時間をかけて互いのことを知って、そこから結婚のスタートラインに立つものじゃないんですか？」

たまたま代理で来た相手と藪《やぶ》から棒《ぼう》にする結婚なんてありえないだろう。

「それは〝普通〟の場合だろ？　俺たちの場合は普通じゃない」

たしかにそれはそうだけど。

「いくら普通じゃないっていってもこんなのおかしいです。第一結婚してからわかっても遅いってこと、色々あるでしょう？」

「なんだ、やけに相性にこだわるな」

冷やかすような視線に怒りがこみ上げる。

「だから、そういうことじゃ——んっ！」

それは突然のことだった。私が必死になって隼人さんに反論しようと思っていたその唇は、彼に奪われて一言も話せなくなった。

しっかりと重なる唇。彼は何度か角度を変えて私に口づける。最初は驚きしかなかったがそのキスがすごく優しくて思わず目をつむり彼を受け入れた。

強引で傲慢。隼人さんを表すのにぴったりの言葉。

でも彼のキスは優しくてあったかくて、突き放すどころかそれを受け入れてしまった私の胸はドキドキとうるさいくらい鼓動《こどう》する。

「……んっ」

下唇をチュッと吸われた時、脳内までしびれた。キスをされているだけなのに立っているのもつらい。そんな私に気が付いたのか彼はそっと私の体を支えてくれた。

ダメ……このまま流されちゃ。

私は理性をなんとか取り戻し彼の体を自分から引き離す。唇を押さえて涙目《なみだめ》のまま彼を見る。頬が熱く、鏡を見なくても赤くなっていることがわかる。

「いきなり何するんですか！」

うまく言葉が出てこない。なんとか彼を非難したつもりだったけれど、彼はなんとも思っていないようだった。

それどころかむしろうれしそうにしている。

「これで俺たちの相性の良さが少しは証明されたんじゃないのか？」

「そんなこと――」

「ないって言えるのか？」

彼の問いかけに私は「ない」とはっきり言えなかった。だってきっと、さっきの態度と今の赤い顔で彼にはすべてお見通しなのだから。

私が彼とのキスを嫌がっていなかったこと、いや受け入れていたことを。彼の言う通り私たちのキスの相性はいいんだと思う。

「わからなかったなら、もう一回」

「だ、ダメ！」

私が声を上げて抗議しようとすると、それまで私に向けられていた隼人さんの視線が私の背後に移る。それが気になり後ろを見ると、オーナーが屋上にやってきていた。

「オーナー？」

「藤間、そろそろ休憩は終わりだ。彼女まだ仕事中なので、よろしいですか？」

途端に隼人さんが目を細め、不機嫌をあらわにした。

「話はまだ終わってない」

「それは仕事が終わってからにしてください。なんなら下の店でお待ちいただいても結構《けっこう》ですよ」

いやさすがにそれは、私が集中できないので困る。

「いや、遠慮《えんりょ》させてもらおう。これから顔を合わせる機会が増えると思いますので。

こちらを」

隼人さんはオーナーに名刺を差し出し受け取られたのを確認すると、私の隣をすり抜けざまこう言った。

「逃げられると思うなよ」

それって婚約するかもしれない相手に言うセリフ？

言い返そうにも彼は屋上を出て行ってしまった。背中が見えなくなるまで見て、はぁと特大のため息をつく。

「大丈夫か？」

「あ、オーナー。すみません仕事中に抜けてしまって」

オーナーは名刺を確認して少し驚いた顔をしたが、すぐにいつもの表情に戻る。

「いや、別にそれは構わないんだが、君が困っているような気がして首を突っ込んだ。迷惑だったか？」

「いいえ、むしろ助かりました」

あんなキスの後に冷静に物事を考えるなんて無理だ。それが狙いかもしれないけれど……。

「だったら、よかった。何か困ったことがあれば、相談するんだぞ」

「はい」

オーナーってば本当に面倒見がいいんだな……プライベートのことなのにこんなふうに親身になって考えてくれて。とはいえ……相談したからって何も解決するわけじゃないんだけど。答えは自分で出すしかない。わかっているけれど私はまだ決心ができずにいた。


しかし私に与えられた時間はそう長くなかった。

その日の仕事終わり。明日は休みとあってお酒でも買って帰ってゆっくりしたい。そんなことを考えながら私は駅に向かって歩いていた。

路肩に見慣れない高級車が一台止まっている。傍らには見たことのあるブラックスーツの男性。あれはたしか隼人さんの会社の――。

嫌な予感がして踵を返そうとしたものの、先に向こうに見つかってしまう。

「藤間様」

名前を呼ばれた瞬間びくっと肩を震わせその場で足を止めてしまう。しかし私は家に帰りたいのだ。ここで立ち止まっているわけにはいかない。そのまま気づかないふりを決め込んで歩き出そうとした私の視界に男性が立ちはだかった。

「ひっ」

「藤間様、こちらです」

「いえ、あのちょっと……」

右によけて前へ出ようとすると男性は遮《さえぎ》るように前に立ちはだかった。左によけようとすると男性も行かせまいと私の前に出る。顔を見るとなんの感情も読み取れない。ただ私をあの車に乗せて、隼人さんのところに連れていくつもりだ。

きっとどう抵抗しても、このまま家に帰してくれそうにない。これ以上の抵抗は無駄だと諦めて私はおとなしく黒塗りの高級車に乗り込んだ。

到着したのは深川商船の本社ビル。二十階建てのこの建物にはグループ会社も入っていて、まさに深川グループの本拠地《ほんきょち》と言える。

「はぁ……すごいな」

思わず眺めていた私を男性の秘書が案内してくれる。

どんなことをしても仕事を完遂《かんすい》するであろうこの男性は矢島《やじま》さんと言って、隼人さんの個人秘書をしているらしい。パーティの時も離れた場所で待機している姿を目にしていた。礼儀正《れいぎただ》しいがにこりともしない。有能であるのだろうが、この人にも逆らえないとなるとここに来たのは間違いだったかもとすでに思っていた。

「藤間様、社長がお待ちです。こちらへ」

「はい」

エレベーターに乗せられ最上階まで来た。一番奥の扉の前。黒いプレートに金色の文字で【社長室】と書いてある。

矢島さんがノックをするとすぐに中から返事があった。扉が開かれ中に入るように促される。

広い部屋には応接セットがあり、絵画《かいが》や観葉植物などの調度品が飾られていた。けれど全体にシンプルな造《つく》りで、余計に窓際にあるプレジデントデスクの存在が大きく感じられる。

そしてそこに座る隼人さんは、難しい顔をしてノートパソコンの画面を確認していた。

「遅い」

「申しわけございません」

矢島さんは謝るけれど、彼は何も悪くない。

「お約束はしてなかったはずです」

勝手に待っていたのはそっちだから、遅いも何もないはず。

「君の仕事が終わる時間から一時間半も経っている。残業など無能な奴《やつ》のすることだ」

「こっちにも都合ってものがあるんです。それに私の勤務時間どうやって調べたんですか？」

日中に隼人さんが訪ねてきたせいで、店のみんなに迷惑をかけたから、少しでも役に立ちたくて残っていたのに無能だなんてひどい。

「許嫁《いいなずけ》の情報は頭に入っている。とにかく座って。コーヒー？　紅茶？」

「コーヒーで」

怒っている私は、わざと雑な態度をとって見せた。

矢島さんが「かしこまりました」と言い部屋を出て行った。

隼人さんはパソコンをパタンと閉じると、私の方へやってきた。思わず何か言われるかもと思い身構えたが、そんなこともなくソファに座るように促される。

革張りのソファはフカフカで、気を付けないと、座った反動でひっくり返ってしまいそうだ。私はなんとかバランスをとって身体を落ち着けた。

その間にコーヒーを運んできた矢島さんは部屋を出ていく。

「あの、お話があるんですよね？」

「昼間の続きだ。それ以外何がある？　さっきはとんだ邪魔《じゃま》が入ったからな」

あの時オーナーが来てくれなければ、彼にもう一度キスを許してしまっていたかもしれない。その瞬間を思い出してしまいそうになって、脳内に浮かびそうになった映像をかき消した。

「隼人さんは、私とあの……婚約したいって言いますけど……大丈夫なんですか？」

「大丈夫とはどういう意味だ？」

私は恋愛云々を抜きにしてもこの縁談に無理があるという理由を話す。

「伯父も言ったように私は本当に一般家庭に育ちました。ピアノこそは母が教えてくれたので弾けますが、良家の子女がたしなむようなことは何もできません。テーブルマナーすら自信がないんです」

「それが何か？　問題でもあるのか？」

隼人さんはなんでもないことのように優雅にコーヒーを飲みながら足を組む。

「問題しかないじゃないですか。あなたのパートナーとなればこの間のようなパーティにももちろん参加する機会がありますよね。この間は付け焼刃でなんとかなりましたが、毎回あんなうまくいくとは限りません」

「いや、この間のあれもまあまあひどかったがな」

彼は何か思い出したのかクスクスと笑いだした。あんなに頑張ったのにひどい言い方をされてさすがにむっとする。

「だったら、なおさら私では務まりません。まだ理華の方がましです」

「お前があの従姉妹より劣っているというのか？」

「……はい。理華なら淑女のふるまいもわかっているでしょうから」

実際に理華は小さなころから習い事をたくさんしていた。華道に茶道《さどう》、クラシックバレエに書道。もちろんピアノも。食事のマナーだって実践《じっせん》する機会が多い彼女の方がきちんとしているに違いない。

「たとえそうだとしても、人間としての良識は欠如《けつじょ》していると思うけどな」

「……それは」

そんなことないと言い切れないのがつらい。実際に彼女のしでかしたことで、こんな事態になっているのだから。

「俺はそんな狭い範囲で通用する〝常識〟なんてものは求めてない。そんなものはどうにでもなる。それよりも俺は君が信用できる人間だから、結婚を考えたんだ。渚」

「信用って……そんなふうに言えるほど長い時間を過ごしていませんけど」

人を信じるってなかなか難しい。建前と本音《ほんね》が違うことなんて日常茶飯事だ。それなのに、出会って間もない私のどこを見て信じるに足りる人間だと判断したのか。

「君は周りの人間のために自分を犠牲《ぎせい》にできる。そればかりではもちろんダメだが、我《が》が強いだけの人間はいらない。いきなり押し付けられた自分の役割をできる限り誠実に果たそうとしていた。そういう君があの従姉妹よりも劣っているはずはない」

「そんな、当たり前のことをしただけで」

まさか隼人さんが自分のことをこんなふうに思ってくれているとは驚いた。彼が私との結婚を望んでいるのは、藤間の娘が理華か私の二択しかないから、消去法で選んだのだと思っていた。

あとまだ気になることがある。この際だから全部聞いてしまおう。

「もうひとつ疑問に思うことがあるんですけど。この結婚は藤間リゾートにとってはメリットしかない縁談ですけど、深川商船には何の得があるんですか？」

いわゆる政略結婚だ。双方ともにメリットがないと成立しない。

「わが社はこれからホテル事業に本格的に力を入れることにしている。そこで手っ取り早く藤間リゾートのノウハウを取り入れたい」

「なるほど、ちゃんと理由があったんですね。あともうひとつ」

「なんだ、さっきひとつって言ったばかりだろ」

「そうですけど、もうひとつだけ」

私の言葉に隼人さんが頷いた。

「あの、隼人さんのご家族は、結婚相手が私でも気にしないんですか？」

恐る恐る聞いた私だったが、彼はあっけらかんと言った。

「それは問題ない。そもそも俺は結婚相手は自分で決めると言っていたし、これまで結婚自体避けていたからむしろ喜ぶんじゃないのか？　それに君は藤間会長のお墨付《すみつ》きだ」

「おばあ様と話をしたの？」

「ああ、翌日に謝罪を兼ねて。藤間会長は俺と君との結婚には大賛成のようだ。まあ最終的には君の判断に任せるそうだが」

なんだか外堀《そとぼり》がどんどん埋まっていっている気がする。そのうえ私の心を揺さぶるようなことを彼が言う。

「藤間会長はお体の具合があまり良くないそうだな。君のご両親の結婚式には事情があって出られなかったから、君の結婚式は楽しみにしていると言っていたぞ。その夢を叶えてあげるのも、祖母孝行になるんじゃないのか」

祖母の話を出されると私が弱いことをこの人はわかっているのだ。

私にはすでに両親がいない。親族は祖母と伯父家族。祖母は父亡き後から母と私によくしてくれた。だから何か恩返しがしたい思いはある。それに、恩返しができるのは生きている間だけだ。大切な人を亡くしている私はそれを痛いほど知っている。

とどめと言わんばかりに隼人さんがたたみかけてくる。

「君はそんなに思い詰めるほど、俺のことが嫌いか?」

「えっ」

それまでの態度とは裏腹に、気弱な発言をされて驚いた。まさか彼からそんな言葉を聞くとは思えなかったからだ。

「俺との結婚がそんなに嫌なのか?」

真剣な目でそう尋ねられて即答できない。たしかに彼は私にはハイスペックすぎるし、そのうえ偉そうで上からものを言う。強引だし人の話を聞かない。

けれどドレスを選ぶ時には気持ちを汲んでくれた。私が困っていることは一緒に解決しようと色々とアドバイスもくれた。そして何よりも、彼の笑顔が素敵だった。

本来ならば藤間家には断る権利などないのかもしれない。それでも彼は一応《いちおう》私の不安を取り除こうとこうやって時間を設けてくれている。

なんか……それさえも向こうの作戦と思えなくはないのだけれど、もう話をすればするほど、結婚に一歩一歩近づいている気がする。

もう一度目の前にいる隼人さんの顔を見る。先ほど見せていた、からかうような笑みは消え、今しっかりと私の方を見ている。

覚悟を決めた私は、最後に念を押した。

「本当に私でいいんですか？」

しっかりと彼の目を見つめて尋ねた。彼もまた私を見つめ返している。

「俺は君がいいんだ」

低くよく通る声が胸にまで響いた気がした。

不安がないわけじゃない。でももう考え尽くして、これ以外の答えがない。

「よ、よろしくお願いします」

緊張して声が掠れた。けれどはっきり彼に伝えた。

するとそれまで真剣な顔をしていた隼人さんが柔らかく微笑んだ。

その笑顔は見とれるほど美しくて、私は自分が置かれた立場を忘れそうになる。しかしすぐに目の前に突き付けられたもので現実に引き戻された。

「矢島」

彼が呼ぶと矢島さんは、待っていたかのように一枚の紙を持ってきた。

そしてコーヒーを端《はし》に避《よ》けて私の目の前にその紙を広げる。

「これって、婚姻届け？」

「正解。さぁ、すぐにここにサインして」

「え？　今すぐ？　婚約したばかりなのに？」

驚いて婚姻届けに向けていた視線を、彼に移す。すると彼は無言で頷いた。

いくらなんでも早すぎる。だってさっきやっと決心したばっかりなのに。

隼人さんは胸ポケットから高級そうな万年筆《まんねんひつ》を取り出すと、私の方へ差し出した。

「ここにサインだ」

よく見れば他のところは全部埋まっている。証人の欄《らん》には祖母の名前まである。いったいいつの間に用意したと言うのだろう。手際の良さに驚き、呆れる。

「早くしろ」

彼自ら私の手に万年筆を握らせると、顎でサインを促した。

なんだかな……まさかこんな複雑な気持ちで婚姻届けにサインをするなんて思ってなかった。でももう後には引けない。

私は渡された万年筆をぎゅっと握ると【妻になる人】と書かれたところに記入した。

そう私は妻になるのだ。この目の前にいる深川隼人の。

いつもよりも時間をかけて丁寧に書いた。そして書き終わったそれを隼人さんに差し出す。

「これから、どうぞよろしくお願いします」

覚悟を決めて隼人さんの顔を見る。

「こちらこそ、奥さん」

奥さん!? 私が？

なんだかその慣れない呼び方に恥ずかしくなってしまい、顔が熱くなる。そんな私を見て隼人さんはまたからかうような笑顔を見せた。

はぁ、こんな調子で大丈夫なのかな。

私に選択肢が与えられているようでいて、その実、彼のペースで物事が進んでいるような気がする。この先、不安しかない。しかし不安に思ったところで、どうしようもない。私は間違いなく自ら覚悟を決めて婚姻届けにサインをしたのだから。

「提出は時期を見てからする」

「わかりました。一応届けの前には連絡をください」

このくらいのお願いはきいて欲しい。

「わかった。悪いが、俺は今からロンドン支社と会議だ。帰りは矢島に送らせる」

「いえ、電車で帰れます――」

「渚様。これはわたしの仕事ですので、お気になさらないように」

きっぱりと言い切られて「まいりましょう」と言われた。そこまで言われると逆らうことができない。こうやって人に何かしてもらうことにも、慣れないといけないのかもしれない。

「渚、また連絡する」

「はい」

部屋を出る前に、もう一度隼人さんの方を見た。すると彼はすでにデスクに座り、難しい顔でタブレットを覗き込んでいた。

忙しそうだな……まぁ、社長だもの。無理もないか。

私は会釈だけして、エレベーターホールで待つ矢島さんの元に急いだ。

ここに来た時と同じ車の中。疲れがピークに達した私は車のシートに深く体を沈めて「はぁ」とため息をついた。今になってとんでもないことを承諾《しょうだく》してしまったのではないかと不安になる。いても立ってもいられなくて思わず矢島さんに声をかけた。

「あの」

「はい」

彼は運転中なので前を向いたまま返事をしてくれた。

「矢島さんは、この縁談をどう思いますか？」

彼はほんの少し時間を置いた後答える。

「わたしは社長のなさることに、意見を言うような立場ではありません」

「たしかにそうかもしれませんが、それでもいつも一番近くにいらっしゃる矢島さんの意見を聞きたいんです。オフレコで」

自分の考えに自信が持てず、誰かの意見をどうしても聞きたかった。

「では、これは秘書の立場とは関係ないわたし個人の意見だと思ってください」

「はい、もちろんです」

思わず前のめりになってしまう。シートベルトに引っ張られて元の位置まで戻った。

「最初は、藤間になどこだわらずに婚約破棄してしまえばいいと思っていました。パーティでの身代わりもとんでもないことだと」

「そ、そうですよね」

婚約者の入れ替わりなんて、どう考えても前代未聞だ。そう思うのが普通だろう。

「けれど……あなたが現れてからの社長の態度を見ていると、考えが変わりました。社長に就任される前からあの方のそばにおりますが、あんなふうに楽しそうに笑う姿を見たのは久しぶりでした」

　矢島さんは前を向いて運転を続けていたので表情は見えない。けれど心なしか声が柔らかくなったように聞こえた。

「それは、船上パーティの時ですか？」

「ええ。普段はプレッシャーの中で日々戦っておられます。おそらく社長でなければ今後の深川商船のさらなる発展は望めないでしょう。その分周りからの期待も大きい。ご本人もそれにすんなり応えてしまわれるので荷が重くなるのでしょうけれど」

　矢島さんは彼から見る隼人さんの様子を教えてくれた。尊敬と心配が入り混じる言い方に、隼人さんと矢島さんの関係がどういうものかうかがい知れた。

「ただ、戦い続けるには休息も必要です。でもあの方は息抜きが下手なのです。ですから社長のあのような笑顔を引き出せるあなたがそばにいることで、何か良い変化があればとわたしは思っているのです」

　そばにいるだけで役に立つなんてことあるのだろうか。私が他の人に比べて特別なことなんて何ひとつないのに。

「矢島さんは、私でいいと思いますか？」

　自信のない私は念を押すように彼に意見を求めた。

「はい。むしろあなたでなくてはならないと思います」

彼の言葉に思わず無言になってしまう。

「いきなりのことで、まだ心の整理ができていないのは理解できます。しかし周囲も気が付くはずですよ。あなたの素晴らしさに」

「そうでしょうか」

まだ信じられない。今まで〝私でなければダメ〟だったことなどないからだ。

「少なくともわたしはそう思っています。ですので、これからどうぞよろしくお願いしますね。渚様」

「え、はい」

矢島さんの話を聞いて思った。隼人さんはこうやって周りの期待を背負って生きている。そして結婚するということは、わずかだがそれを私も背負うということだ。改めてその責任の重さを感じる。

けれどそれと同時に、使命感のようなものがわいてきた。

矢島さんはお世辞《せじ》を言ったわけではないだろう。

隼人さんの近くにいる彼が、私にしかできない何かがあると言うならば、私が隼人さんのために役立つならば、私が彼と結婚する意義があるということだ。

もちろん藤間リゾートや祖母、藤間の家のことも大切だ。ただどうせ一緒になるならば、隼人さんにも私が近くにいてくれてよかったと思われたい。

伯父は婚約を破棄しても構わないと言ったけれど、彼が私を必要と思ってくれるならばこの結婚を本当の結婚として考えるべきではないのか。

普通の恋愛から始まった結婚ではないけれど、彼のことを尊敬する気持ちはある。だからこそこの結婚に意義を見出せば、この言いようのない不安から逃れられるような気がした。

「ありがとうございます。頑張りますね」

私の声に矢島さんは、赤信号で車が止まると同時にわずかに顔を後ろに向けて優しく頷いた。

それから二週間。

狭いキッチンでドリップケトルを手にコーヒーにお湯を回し入れる。隣には先ほど作ったちょっと形がいびつな目玉焼きとソーセージ。オーブントースターの奥には赤い光が見え、香ばしい匂いが漂ってきた。こんがり焼けた方が好みなので、もう少し時間を置いて取り出すことにする。

休みの日のブランチ。いつもより少し長めに寝て起きた後は、これと似たようなメニューを作るのが休日のルーティーンになっている。

しかし、あの話どうなったのかな？

結婚を承諾するまでは一週間も待ってくれなかった隼人さんだったが、あれから一度も連絡がない。

伯父には隼人さんとの結婚を承諾したと伝えたから、何らかの動きがあっていいはずだが、どちらからも音沙汰《おとさた》がない。

私から連絡をしてもいいのだけれど、向こうの方が圧倒的に忙しいと思うとこれと言って特別な用事がないのにもかかわらず連絡するのに気が引けてしまう。

まさかもう、入籍を済ませたってことはないよね？

私もしかしてもう深川になっちゃったのかな？

婚姻届けにサインをした時点で、そうなることは決まっているのだけれど、それでも届を出したなら一言報告くらいくれるのが普通だと思う。

まあ、何もかも普通とかけ離れている結婚だから今更って言われそうだけど。

午後から祖母に会いに藤間の家に行く予定になっている。その時にでも伯父に、隼人さんから何か話を聞いていないか尋ねてみよう。

出来上がったブランチを二人掛けのダイニングテーブルに持って行って食べる。テレビではアミューズメントパークに新しくできたアトラクションが紹介されていた。それをぼーっと見ながらトーストをかじる。

楽しそうだなぁ。もう何年くらい行ってないだろう。

仕事がシフト制で友人との休みが合いづらい。彼氏は大学生の時にいたけれど、就職後お互い忙しくてだんだん会わなくなり自然消滅。なかなかこういう場所に出かけていくこともなくなってしまった。

そんなとりとめのないことを考えていると、スマートフォンがキッチンのカウンターの上で鳴りはじめる。料理中に音楽を流していて、そのままにしていたみたいだ。

「これは、電話だっ」

慌ててスマートフォンを手に取り画面を確認すると、隼人さんからだった。急いで通話ボタンを押す。

「もしもし」

『深川だが』

「はい。おはようございます」

『ああ』

なんだか電話をするのが気まずい。夫になるとはいっても、ついこの間までは本当に赤の他人だったのだから。

ほんの数秒気まずい空気が流れた。先に口を開いたのは隼人さんだ。

『今日、藤間会長に面会すると聞いたが』

「はい。毎月一度会いに行くようにしているんです」

経営の第一線から退いた後は、祖母は家で過ごすことが多くなった。だから仕事が休みの日には時間を見つけて会いに行くようにしているのだ。

『俺も行く。一時間後、迎えに行くから準備して』

「え？　待ってくださいそんなに早く？」

いつも、訪問する時間はきちんとは決めていない。家を出る前に「何時ごろに到着するか」だけを連絡するようにしている。だから今日もご飯を食べて少しのんびりしてから向かうつもりだったのだ。

『俺は君みたいに暇じゃないからな』

たしかにそうでしょうけど！　言い方にむっとしたけれど、そんなの気にしている間に時間が過ぎていく。

「わかりました。できるだけゆっくり来てくださいね」

私はそう告げると、手元のすでにぬるくなっていたコーヒーを一気に呷《あお》り、急いでクローゼットの扉を開けて、着ていく洋服を選びはじめた。

そこでまた手が止まってしまう。いつもならそう多くない服の中から着たい服をパッと見つけて着るのに、今日はなんだか迷ってしまう。その理由は自分でもわかっている。隼人さんに会うからだ。意識してないと言えばうそになる。一応婚約者に会うのだから、きちんとした格好の方がいいに決まっている。それだけ……本当にそれだけなんだから。

手にしたのは袖《そで》がパフスリーブになった白いカットソーにギンガムチェックのくるぶし丈のパンツ。合わせるサンダルを頭の中で思い描いて着替えを済ませるとすぐにメイクに取り掛かった。

なんとか準備を済ませてほっと一息ついた時に、スマートフォンに到着したという隼人さんからのメッセージが届き慌ててサンダルを履《は》いた。エレベーターでマンションの下に降りていき彼の元に急いだ。

マンションのエントランスの前には白い車にもたれてスマートフォンをいじっている隼人さんが立っていた。

「わざわざありがとうございます」

「俺も会長に話があるから、問題ない」

彼が助手席のドアを開けてくれる。今まであまりそういうことに慣れていない私が、戸惑いながらも助手席に座ると優しく扉が閉められた。

隼人さんがすぐに運転席に座る。

「今日は矢島さんの運転じゃないんですね」

「あぁ。たまに運転したくなることがある。今日がそれだな」

すぐにエンジンをかけてシートベルトを締めると、ゆっくりと発車させた。スムーズな運転がちょっと意外、なんとなくスピードを出しそうなイメージだったからだ。

「なんだ、何か言いたそうだな？」

「いえ、運転お上手なんですね」

「別に普通だろ」

「もっとぐいぐい強引な運転をする印象でした」

言ってしまってから失礼だったかなと思ったけれど、隼人さんは笑っていた。

「いったい俺に対してどんな印象持ってるんだよ。まあ、だいたいの予想は付くけど」

「あはは……すみません」

笑ってごまかした私を彼がちらっと見る。

「君くらいだよ。そんなふうに思っていること口にするやつ」

なぜだか隼人さんは楽しそうだから、まぁいいか。

そうこうしているうちに車は藤間の家に到着した。玄関前に車を停めると、いつもの家政婦さんが笑顔で出迎えてくれる。

「会長がお待ちですよ」

「はい、ありがとうございます」

いつも通り部屋に向かっていると、隼人さんが家政婦さんに小さな箱を渡していた。なんだろうと思ったけれど、祖母が待っていると思うと早く部屋に行きたくて、特に聞かなかった。

ノックをすると「はい」という元気そうな声が聞こえてきてほっとする。この返事で、ある程度祖母のその日の体調がわかるのだ。

扉を開けると祖母はソファに座っていた。

「こんにちは」

「いらっしゃい。隼人くんも、よく来たわね」

「はい。急にすみません」

「いいのよ、お客様は多い方が楽しいもの」

祖母はその言葉通り、とてもうれしそうに微笑んでいる。私も胸があったかくなり祖母の隣に座った。

「渚、お客様を放《ほう》って、勝手しないで。隼人くんにも椅子に座るように言って」

「あ、はい。ごめんなさい。ついいつものようにしてしまって」

慌てて隼人さんの方を見ると苦笑を浮かべていた。

「会長。気にしないでください。私も間もなく他人ではなくなるのですから」

その言葉を聞いた祖母が大きく目を見開く。そしてそのあと顔をほころばせた。

「まぁ、じゃあ渚、あなた決心したのね？」

祖母の言葉に私は少し恥ずかしくなりながらも頷いた。どうやら伯父からは何も報告を受けていなかったようだ。でもその方が都合がいい。隼人さんと私から話をしたことで、祖母の喜ぶ顔を直接見ることができた。

「あら、よかったわ～なんてうれしいことかしら」

祖母は隣にいる私の手を取ってぽんぽんと二度撫《な》でた。とても温かい手にそうされると、どんな言葉で言われるよりも祝福の気持ちが伝わってくる。

こんなに喜んでくれるなんて、私あの時決心して本当によかった。

「で、入籍はいつにするの？　婚姻届けはもう書いてあるんでしょう。私にあれだけ急いで証人の欄にサインさせたんだから」

「それはまだ。渚が自分からおばあ様に報告してからと言ってね」

「えっ……あぁ、そうなの」

そんなこと私は一言だって言っていないのに。調子がいいんだから。ぼーっとしていると話を合わせられなくなっちゃう。

私の顔が引きつったのを見た隼人さんは、口角《こうかく》を少しだけ上げて笑った。意地悪なんだから。こんなことでは先が思いやられる。

ちゃんとやっていけるのかな。いや、自分で決めたんだからやれるだけやらないと。

「会長もご承知だと思うのですが、うちもそして藤間の家もそれなりの家ですから、準備にはある程度の時間をかけるつもりです。その間に渚さんには勉強してもらわないといけないことがたくさんあります」

隼人さんがちらっとこちらを見た。

「はい、頑張ります」

いわゆる花嫁修業というやつだ。きっと他の人は結婚が決まる前に済ませるものだろうが、私はゼロからのスタートだ。まだ何にも始まっていないのに、憂鬱《ゆううつ》すぎる。

「隼人くん。あんまり渚をいじめないでちょうだいね」

祖母が私を慮《おもんぱか》って、隼人さんに言ってくれた。

「そんなつもりはありませんよ。俺はできない人には期待しないんで」

それって喜んでいいの？

「あら、たしかに渚は頑張り屋さんだけど。でもこの子の個性を失くすような結婚生活になるのなら、連れ戻しますから覚悟しておきなさいね」

「はい、会長のおおせのままに」

隼人さんも祖母が見せた女帝の片鱗《へんりん》には、逆らえないようだ。改めて祖母の偉大さを知る。

一通り挨拶が終わったタイミングで家政婦さんがお菓子を運んできた。

「もしかして少し早かったですか？」

「いえ、私が話に夢中になっていたから。こちらにもらいます」

いつも私が来た時は、祖母にコーヒーを淹れるので、家政婦さんはそのタイミングを見計らってお菓子を持ってきたのだ。

「すぐ準備します」

「急がなくていいわ。今日は話し相手もいることだし。ね、隼人くん」

「ええ、いくらでもお相手しますよ」

祖母が隼人さんを気に入っているのはもちろんのこと、彼もまた祖母には一目《いちもく》置いているようだ。お互いそれなりに信頼関係があるように見える。私がコーヒーを用意している間もなにやら話に花を咲かせていた。

私はそんなふたりを見ながら、彼らのためにコーヒーを淹れる。手順はいつもと変わらない。けれど私は誰かのためにコーヒーを淹れるという作業が好きだ。思わず鼻歌がでてしまう。気が付いたら祖母と隼人さんがふたりしてこちらを見ていた。

「あっ」

無意識に歌っていて恥ずかしくなった。一瞬にして顔に熱がこもる。

「ぷっ、いいから続けて」

彼は笑いをこらえながら、手をひらひらと振った。そんな私たちのやり取りを見た祖母はニコニコと笑っている。

「うちの孫はかわいいでしょう」

「えぇ、そうですね。いい意味でいつも笑わせてくれる」

「でしょう、あの子は人を笑顔にできる子だから」

「あの、おばあ様。それはちょっと言いすぎです」

私は淹れたてのコーヒーを運びテーブルに置いた。

その時テーブルにあった、家政婦さんが持ってきたお菓子が目に入る。さっきは急いでいてちゃんと見ていなかったのだ。

「これ、おばあ様の好きなチョコレートですね」

それは祖母お気に入りの店のチョコレートだった。高級店ではないが、店が鎌倉《かまくら》に一店舗しかないうえに限定販売なので、なかなか手に入りづらいものだ。

祖母は和菓子よりも洋菓子が好きだった。その中でもこのチョコレートには目がない。今日もうれしそうにしている。

「そうなの、隼人くんのお土産よ」

そうだったんだ。わざわざ今日のために?

彼の方を見たが特に何を言うでもなくコーヒーを飲んでいる。さらっとこういうことができる人なのだ、彼は。この若さで社長を務めているのも、納得できた。

「私ってば幸せよ。孫に淹れてもらったコーヒーと、その婚約者が持ってきたお菓子を食べながらこうやっておしゃべりできるんですもの」

祖母はいつになくはしゃいだ様子で、私の淹れたコーヒーと隼人さんが持ってきたチョコレートをうれしそうに食べた。

その様子を見た私もほっこりとした気分になった。

ここのところの自分の身に起きた変化を受け入れることで必死だった。きっとここからもっと大変になる。

でもこうやって大切な人が喜んでくれると思うと、頑張らなくてはいけないという気になった。

祖母との穏やかな時間を終えた私たちは帰宅の途に就こうと部屋から出る。家政婦さんに片付けを頼むために、先に部屋を出た私が用事を済ませて玄関に向かう途中で伯父夫婦に出くわした。

「こんにちは」

伯父夫婦のことは色々ありあまり好きではないが、最低限の礼儀はわきまえているつもりだ。だからこそ顔を合わせればきちんと挨拶はする。

けれどその返事があることは、これまでほとんどなかった。だからいつもと同じようにスルーされるとばかり思っていたのに、今日は違った。

「最近よく会うな。まさか結婚に何か問題でも起きているんじゃないだろうな?」

「え、何のことですか?」

まったく思いあたるようなことがなくて、聞き返した。すると伯父ではなく伯母がにらみつけるような視線を私に向けた。

「まったくあなたのような人が藤間の人間だなんて恥ずかしい。深川には理華が嫁ぐはずだったのに。泥棒《どろぼう》のように妻の座を横取りして」

「おい、やめないか」

さすがに伯父も止めに入ったけれど、伯母の怒りが収まらない。

「だってあなた。理華の方が社長夫人にはふさわしいでしょ？　それなのにあんな男と、ましてや子供まで。こんな子よりうちの理華の方が誰が見たって素晴らしいわよ」

これは完全に八つ当たりだ。そもそも理華が縁談を断らなければ、私が代わりになることなんてなかったのに。

あまりの言われようにさすがに言い返そうと思った瞬間。

「聞き捨てならないですね。失礼ですがあなた方の娘さんは、たしか大事なパーティを従姉妹に押し付け、縁談を壊そうとしたんですよね。そんな人が渚よりも優れているとは到底思えませんけれど」

冷淡《れいたん》な声にその場にいた全員の背筋がピンと伸びた。振り向くとそこには隼人さんの姿があった。

「なかなか戻ってこないから、迎えに来た」

「え、ありがとうございます」

伯父たちとの話をしっかりと聞かれていたようだ。身内の恥をさらすようで気まずい。

「隼人くん、君も一緒だったのかい。いやうまくいっているようで安心したよ」

伯父はさっきまで不機嫌そうな顔をしていたのに、隼人さんが現れた途端《とたん》笑顔になった。変わり身の早さに愕然《がくぜん》とする。

本当に都合がいいんだから。

「でも、奥様はわたしたちの結婚に反対のようですけれど」

隼人さんは伯母の方をちらっと見た。話を聞かれていた伯母は、さすがに気まずいのか顔を伏せたままだ。伯父が慌ててフォローする。

「いや、色々なことがありすぎて少し混乱しているようなんだ。すまないな」

必死になっている伯父に隼人さんは強い視線を投げつける。

「今後、渚への侮辱《ぶじょく》は俺に対するものだと受け止めます。いくら親類関係になろうともそのあたりの分別はしっかり持っていただきたいですね」

まさかこんなふうにかばわれると思っておらず、驚いたが胸がじんと熱くなった。

いままで伯父や伯母は祖母の前でこそ普通にふるまってくれていたが、私に対して良い感情をいだいていないのは明らかで、態度がものすごく冷たかった。それでもあまり関わり合いがないので気にしないようにしていた。けれど傷ついていないわけではなかった。だから隼人さんが味方になってくれたことがうれしい。

「渚、行こう」

「はい」

隼人さんの手が後押しするように私の背中をそっと押す。それに合わせて私は彼と一緒に歩き出した。

「あ、そうだ」

歩き出したばかりだったのに、彼は何かを思い出したのかすぐに足を止め振り返り伯父たちを見る。

「誤解《ごかい》されているようなので言っておきますが、私が理華さんではなく渚を選んだ。間違えないでください。行こう」

「え、うん」

私はさっと顔をうつむけた。赤くなった顔を彼に見られたくなかったのだ。

きっと彼にとっては伯父たちがこれ以上面倒なことを言い出さないようにするための演技にすぎない。だから真に受けるなんて滑稽《こっけい》だと思う。

だけど顔が赤くなるのはどうやっても止めることができない。私はなんとかその顔を隠すのに必死だった。

行きと同じ道を戻る。景色は同じはずなのに明るく見えるのはどうしてなのか、隣の運転席の隼人さんの方を見ると、伯父の顔を思い出して思わず笑ってしまった。

「何笑ってるんだ」

「え、いや。おじさんすごく焦ってたなって」

悪趣味だと思うけれど、今までさんざん冷たくされてきたのだからこれくらいは許してほしい。

「ああいうやつは一度ガツンと言っておけば、それなりの対応になる。君は甘いんだ」

「でも、一応親戚だし」

「本当にお人よしだな。先が思いやられる。まぁでも、これからは俺がいるからどうにかなるか」

ハンドルを切りながらさらっと言ったその一言が私をまた惑わせる。

妻になるから……ってことだよね。それ以上の特別な意味なんてない。私が彼の恋愛対象になるかもしれないなんて勘違いしそうになる自分にストップをかける。

いちいち気にしていたら心臓がもたない。早く慣れなくちゃ。

深呼吸をしているとふと、隣からの視線を感じた。

「どうかしましたか？」

「いや、別に」

そうは言うけれど、彼がわずかに笑っているのが見えた。

もう、いったいなんだって言うの？

彼の行動、言葉、表情、そのすべてに自分が翻弄《ほんろう》されている。

しっかりしなきゃ。

私は改めて気合を入れ直した。

ほどなくして車が自宅マンションの来客用駐車場に止まる。私はバッグを持ち「ありがとうございました」と声をかけ降りた。

車の外に立って、帰る彼を見送ろうと待っていると彼がエンジンを切ってしまう。

不思議に思っているとシートベルトを外した彼が車から降りて、ドアをロックする。

なんで、帰るんじゃないの？

「えーっと、どうかしましたか？」

「向こうではろくに話ができなかったからな、部屋で話の続きをしよう」

「え、まだ何かあるんですか？」

不満が顔に出てしまっていたらしい。隼人さんが眉間《みけん》に皺をよせた。

「何か問題でもあるのか？」

「あの、いえ」

断ることなんて到底できない雰囲気だ。私はさっさと諦めて彼をマンションの部屋に入れることにした。

そして鍵を開けている時に、はたと思い出したのだ。部屋の中の惨状《さんじょう》を。

普段から掃除は欠かさないから、特別汚いというわけではない。けれど急に隼人さんが一緒に祖母のところに行くことになって慌てて支度したので、出しっぱなしになっているものもある。

「少し待っていてください」

「どうした？　見られたら困るものでもあるのか」

いや、いきなり部屋に来ておいて、どうした？　はないだろう。

「私にだって色々あるんです！」

扉を開けて中に入るとバタンと閉じて彼から中が見えないようにした。そして急いで部屋の中に戻ると、テーブルの上に置いてあったマグカップを流しで洗って、ついでに食器かごに置いてあった洗ったままのお皿を棚に戻す。それから読みかけの雑誌を片付けて、昨日勉強の途中だった本をしまい、これで大丈夫だと思った瞬間に目に入った室内干ししていた下着を慌ててクローゼットに放り込んだ。

「まだか？」

外から催促《さいそく》する声が聞こえてきた。もう！

「今開けます」

玄関のドアを開けると、隼人さんは不機嫌そうに腕を組み壁にもたれて立っていた。

「お待たせしました」

「遅い」

すごく偉そうじゃない？　勝手《かって》に部屋で話をするって言い出したのは向こうなのにむっとしたけれど、ここで言い合いをしても仕方ない。私はほとんど使われることのない来客用のスリッパを出し、彼に部屋に入るように勧めた。

玄関を入ると右手にバスルームとトイレ。左手には収納。その先にキッチンとダイニングそれから八畳の部屋がある。

「あの、ソファにどうぞ」

「ああ」

ソファに座った彼が部屋の中をぐるっと見まわしているのがわかる。

「狭いな。こんなところで生活できるのか？」

「は？　普通だと思いますけど」

これでも自分の好きなものに囲まれて暮らす、私のお城なのに。

「広ければいいってもんじゃないですよね」

「それはそうだ」

もっとバカにされるかと思っていたけれど、彼は興味深そうに部屋の中を見渡している。隼人さんは物言いがきついことが多いけれど、私の言葉にも耳を傾けてくれる。そういうところは素直にいいところだなと思う。

キッチンに立ちお湯を沸かす。

「さっきコーヒー飲んだので、お茶にしますか？」

「いや、コーヒーでいい」

「そうですか」

私は無類《むるい》のコーヒー好きで仕事にしているくらいだから、続けて飲んでも構わないけれど隼人さんもそうなのかな。ゴリゴリとミルを挽きはじめて、時間がかかるので待たされた彼がイライラしていないか心配になったがそんな様子もない。

「ずいぶん勉強熱心なんだな」

隼人さんは本棚を見ている。

「あぁ、まあ仕事と趣味を兼ねてですね。カフェ巡りなんかも好きですし。父は喫茶店が好きで休みの日はよく家族で出かけていたんです」

「そうか。それで美味いんだな。君のコーヒーは」

「え、うれしい!!」

思わず声を上げてしまった私を見て、隼人さんは驚いた顔を見せた後、声を出して笑った。

「ははは、やっぱり変な奴だな。ドレスを『似合っている』と褒めた時は無反応だったのに、コーヒーを褒めるとこんなに喜ぶとはな」

「だって、あの時は緊張していたし。それにドレスがすごいんであって私がすごいわけじゃないでしょ？　でもコーヒーは私、結構努力したんで」

もちろん好みの問題もあるだろう。けれど豆の種類や季節によって最善の淹れ方をするようにしている。バリスタという仕事をすることになってよりコーヒーに真摯《しんし》に向き合うようになった。

褒められたことで余計に丁寧にコーヒーを淹れた。考えてみると、なるほど彼は私を操るのが本当にうまい。

「お待たせしました」

彼の前にコーヒーを置き、私はクッションを引き寄せて床に座る。

早速コーヒーを飲んで目元をほころばせた彼を見て私もにやけてしまった。

「何笑ってるんだ？」

「笑ってませんよ、そっちこそ」

指摘された私が言い返す。

「俺が？」

驚いた顔をした隼人さんだったけれど、笑みを深める。

「あぁ、そうかもしれないな。美味いコーヒーは心を和ませる」

あぁ、この人は本当にずるいな。私がどうすれば喜ぶのかわかっているんだから。

にやけそうになる顔を見られるのが嫌で、私はここに来た彼の目的を聞く。

「ところで、話し合いって何を話すんですか？」

「ああ。そのことだが。結婚に関して渚の希望を何も聞いていなかっただろう。何かないか？」

「希望？　聞いてもらえるんですか？」

「できる範囲でだがな」

そんなこと考えもしてなかった。喜んで色々と考えてみるけれど――。

「あの、特にありません」

「ない……だと？」

「えぇ。よく考えたら特に希望ってないなぁって」

私の答えに隼人さんは顔を曇らせた。

「時期はこちらで決めさせてもらうが、女性は結婚に際して色々あるだろう。式ではドレスがいいとか打掛《うちかけ》がいいとか。指輪だとか。どうしてもこれだけは譲れないとか。何かないのか？」

もう一度言われて真剣に考える。するとひとつ思いついた。

「仕事は続けたいです！」

今の仕事も職場も本当に気に入っている。だから辞《や》めたくないというのが本音だ。

「仕事……だと？」

「ダメですか？」

彼は私のコーヒーを褒めてくれた。それは日々の努力を認めてくれたことだと思ったのに。やはり自宅で妻としての務めを果たさなくてはいけないのだろうか。

「いや仕事はむしろこれだけ頑張ってるんだ、続けた方がいい。だが他に希望はないのか？」

そう聞かれても他に何も思いつかない。

「ん〜ないです」

降ってわいたような縁談だ。これまで結婚なんて意識したことなかったので、突然聞かれても困る。

「そんなだから周りに振り回されるんじゃないのか」

「そうかなぁ」

隼人さんが心配しすぎのような気がするけれど。でも思いつかないのだから仕方ない。

「はぁ。まあいい。じゃあ日程を含めてこちらで調整させてもらうぞ」

「はい。わかりました」

家と家の結びつきが強くなる結婚だ。きっと色々と準備があるに違いない。私にはわからないことだからここは隼人さんに任せる他ない。

「じゃあ、早速。引っ越しの準備だな」

「えっ？」

聞き間違いかと思い聞き返したが、隼人さんはいたって真剣な顔をしている。

「結婚は先になるにしても、俺との生活には早く慣れてもらわなくては困る。だからすぐにでも俺のところへ引っ越すんだ」

「え、いや。そんないきなり。困ります」

「さっき特に希望はないと言っていただろ」

「たしかにそれはそうだけど」

納得していない私を放置して、彼はさっさと自分のスマートフォンを操作すると彼の自宅住所を私のメッセージアプリに送信してきた。なんて仕事が早いんだ。

「引っ越し業者はこちらが手配する。一週間以内で都合の良い日をその業者に連絡すれば後は全部やってくれるから」

「いや、一週間って！」

急にもほどがあるのでは？

「そうだな、嫌なら俺がここに引っ越してきてもいいな」

名案みたいに言うけれど、とてもじゃないが彼がここに住むのは無理がある。

「そんな無茶言わないでください」

「案外気に入ったのに、ダメか」

「当たり前です！」

冗談だとわかっているけれど、思わず声が大きくなる。

「だったら、諦めるんだな」

「もう言う通りにします」

はぁ……ため息しかでない。元から彼に勝てるとは思っていないけれど、完全に手のひらの上で踊らされている。

「とりあえず、火急《かきゅう》の用件はすんだな」

うなだれている私をよそに、隼人さんは立ち上がり玄関に向かう。

「俺のスケジュールは共有できるように送っておいた。変更があれば連絡するようにする」

「はいわかりました」

靴を履いた彼が私を振り返る。

「それから大事なことを言い忘れていた」

「ん？　何かありましたっけ？」

私のなかで引っ越しの話が大きすぎて、すでに頭の中がそれでいっぱいだ。

「もし男がいるなら整理しておけ」

「彼氏なんていません！　心配しなくても私、全然モテませんから」

きっと彼なら色々と調べて私に彼氏がずっといないことなんて知っているはずだ。

それなのにわざとこんなことを言うなんて意地が悪い。

「そう思ってるのは、お前だけかもな」

隼人さんは真剣な顔でそう言うと、手を伸ばしてきた。そして私の頬に触れ顔が近づいてくる。

え、待って。どういうこと……いや婚約しているんだから、あ、でも。

この間会社の屋上でキスされたことを思い出した。

パニックになってぎゅっと目をつむる。

「前髪、何かついてるぞ」

「えっ？」

パッと目を開けると彼が私の前髪から糸くずを取った。

「何、期待してるんだよ」

にやっと笑った彼の顔を見て、私は自分がからかわれたとわかった。

「もう、早く帰って！」

追い出すように彼の背中を押すと、なぜだかうれしそうに笑いながら彼は部屋を出る。

「ちゃんと鍵閉めて。それから」

ぐいぐい背中を押していたのに、くるっと反転して私の方を見た。

「お前が引っ越してくるの、楽しみにしてる」

「……っう」

バタンと扉が閉まる。私は最後に隼人さんの笑顔を見てから心拍数が急上昇していた。

ずるい、あんなの。

頬に手を当てると発熱したかのように熱い。私はその場にへなへなと座り込んだ。

完全に面白がられている。でも……それが嫌じゃない。

こんな調子でこれから大丈夫なのかな。

不安の中に期待が入り混じる複雑な気持ちのまま、私はもう一度彼の笑顔を思い出しては胸をときめかせた。

そしてその週末、私は隼人さんが住む部屋に引っ越しをすることになった。とはいっても自分で荷造りをしたのはほんのわずか。それ以外は引っ越し業者の方が来て、あっという間に荷造りをして運んでくれた。

そして私は電車で教えられた彼のマンションに向かって、到着するやいなや、驚きで言葉を失くした。

なにこの大きな建物……。外国のようなアイアンづくりの高い門をくぐればそこは緑の庭が広がっている。木製の重厚《じゅうこう》な自動ドアがゆっくりと開いて中に入る。

五階建ての低層階レジデンス。全部で十二部屋しかないうちの、最上階が隼人さんの住む部屋だ。

エントランスに入ると大きな水槽《すいそう》が出迎えてくれる。中では色とりどりの熱帯魚が優雅《ゆうが》に泳いでいた。レセプションにはコンシェルジュがふたり。名前を告げるとすぐにエレベーターを呼んでくれた。

エレベーター前でコンシェルジュの女性が五階のボタンを押して待っている。それに乗り込んだ私に、扉が閉まるまで彼女は頭を下げていた。

あっという間に到着する。エレベーターから降りると目の前に扉があった。彼の話ではこのフロアには一部屋だけだと聞いていたので、この部屋で間違いない。

預かったカードキーを差し込もうとすると、内側から扉が開いた。

ごんっという鈍い音とともに額に衝撃が走る。

「痛いっ」

「あ、悪いな」

ぶつけた額をさすりながら見ると、中から顔を出したのは隼人さんだった。

ブラックデニムにヘンリーネックのTシャツ。ものすごくラフな格好の彼はどうぞと私を中にいれた。

「スリッパとか適当に使って」

先を歩きながら言われた私はラックにあったスリッパを取り出すと慌てて彼を追いかけた。

「お仕事だったんじゃないんですか？」

「渚が来るから、早めに終わらせた」

大理石《だいりせき》の廊下を歩いていくと広いリビングに案内された。

「わぁ」

廊下と同じ大理石の床が続くリビングはゆうに二十畳近くありそうだ。ネイビーのラグにチャコールグレーの大きなソファ。生き生きとした観葉植物。磨《みが》かれたローテーブルの上には、経済誌が無造作《むぞうさ》に置かれている。ふたりで使うには広すぎるダイニングには花が生けられており、その奥には立派な最新式のシステムキッチンが見える。カウンターも広く作業しやすそうだ。彼に言ってコーヒーのスペースをもらえたらうれしい。

そして何よりも部屋の雰囲気を良くしているのは、壁一面ガラスになっていて外の光が降り注いでいるところだ。その奥はルーフバルコニーになっていて外の庭の木々で季節の移り変わりを日々感じることができそうだ。

「すごい、すごい」

まるで子供のようにはしゃいでしまった。ちょっと落ち着かなくては。

「あの、私の荷物は？」

「こっちの部屋に運んだ。たったこれだけなのか？」

「うん。だって、何も持ってこなくていいって言ったの隼人さんですよ」

リビングを出てすぐの部屋の扉を開けると、先ほど詰めてもらった私の段ボール箱の荷物が届いていた。荷ほどきは自分でするつもりだ。

たしかにこれだけ設備が充実していれば、私の使っていた家具や家電なんかは必要ないだろう。衣類と小物、本、後は大事なコーヒーを淹れる道具だけを持ってきた。

「洋服とかもっとあるんじゃないのか」

「えーと、これだけですけど。むしろ本とかの方が多いかも」

部屋には立派なウォークインクローゼットがあったが、荷ほどきしてもガラガラだろう。

「こんな立派な部屋をありがとうございます」

「俺の帰宅が遅いからとりあえず君の部屋にベッドも運んでおいた。気に入らなかったら交換できるから言ってくれ」

早速ごろんと寝転んでみる。するとあまり深く沈まないけれど体全体を包み込むようでよく眠れそうだ。

「これ、すごくいいです。寝るの楽しみ！」

はしゃいだ私が子供のように足をばたばたさせていると、いきなり視界に彼が入ってきて驚いた。

「それは残念。寝心地が悪いからって俺のベッドに来てくれてもよかったのに」

にやっと笑った顔が妙に色っぽくて目を奪われてしまう。からかわれるのにもそろそろ慣れていいはずなのに、やっぱりドキドキする。

私は隣にあった枕《まくら》を手にして彼の顔に押し付けた。

「おいっ」

反撃の隙《すき》にベッドから起き上がる。

「隼人さんこそ、寂しいからって私のベッドに来ないでくださいね」

「ああ、そのパターンもあったな」

私が何を言っても全然堪《こた》えていない。むしろ楽しそうだ。

「冗談ばっかり言わないでください。キッチン見てもいいですか？」

「ああ、お前の家なんだから好きにすればいい。色々使い方説明しようか」

「お願いします！」

部屋を出て当面必要な設備の説明を受ける。キッチンに浴槽。コンシェルジュサービスや駐車場。一度では覚えられそうにない。

「部屋の掃除は週に二度、ハウスキーパーが来てやってくれる。だから渚がする必要はない。食事も二十四時間なにかしら注文することができるから、好きに使えばいい」

「そんな……せっかく立派なキッチンがあるのに」

先ほど戸棚の中を見たら道具は一通りそろっていた。しかし冷蔵庫の中はチーズとフルーツくらいしかなかった。

「そうだ、早くキッチンに慣れたいので、今日は私がご飯を作ってもいいですか？」

「構わないのか？　食事に出ようと思っていたんだが」

ありがたい申し出だけど、それよりも早くこの家での生活に慣れたい。

「お店もう予約しましたか？」

「いや、年間で押さえている店がいくつかあるから予約の必要はない。店は問題ないがわざわざ作らなくていいんだぞ。家政婦を頼むこともできる」

さらっと言ったけれどものすごいことだ。だが気にしていてはこちらの負けだ。

「お店の味からは程遠いとは思うんですが、料理は好きなので」

「だったら頼もうか」

料理を買って出たものの、果たして彼の口に合うものを作ることができるのか不安になった。まあでも、今日くらいはきっと付き合ってくれるだろう。気に入らなければ彼はこれまで通り外食にするだろうし。

「行くぞ」

「えっ？」

ぼーっと考え事をしていたので声をかけられてはっとする。声の方を見ると隼人さんが車のキーを手にしていた。

「行くって、どこに？」

「料理するなら、買い出しに行かないと。冷蔵庫、空だぞ」

「え、付き合ってくれるんですか？」

「土地勘がないだろ。案内する」

「ありがとうございます！」

先にリビングを出ていく隼人さんを急いで追いかける。すると玄関にたどり着く前に彼がクルッと私を振り返った。

「それと敬語、そろそろやめろ」

「え、でも」

「でもは、なし。慣れるためにここに来てるんだから、努力しろよ」

「わかりまし……」

隼人さんが目を細めて私を見た。

「……わかった」

私の返事に満足した彼はニコッと笑った後「いくぞ」と言って歩き出した。

エレベーターに乗って地下の駐車場に向かう。彼の車の他にもまるでモーターショーのように高級車が並んでいる。その間をすいと抜けて彼の白い車に乗り込んだ。

彼は車の中から周辺の案内をしてくれた。駅に着くまでにほぼなんでもそろうし、コンシェルジュが買い物を代行してくれるそうだ。車がなくても生活には困らない。けれど今日は初日だから買うものも多いだろうと、隼人さんは車を出してくれたのだった。

到着したのは私も知っている高級食料品を扱うスーパーマーケットだ。入ってすぐの棚から見たこともない商品がたくさん並んでいて、私は目にするものすべてが珍しくてなかなか買い物が進まない。

「何かリクエストありま……ある？」

まだしゃべり方が慣れない私を隼人さんは笑った。

「いや、食えればなんでもいい」

彼はカートを押しながらゆっくりと隣を歩いている。

「じゃあ、炊き込みご飯にしようかな？」

失敗しなさそうなメニューに決めた。後はお魚と酢の物。これならレシピ見なくても作れる。

ニンジンに、ゴボウ、シイタケ、鶏肉《とりにく》、油揚げ。順番にかごに入れていく。

「あれ？　さっきシイタケ入れたと思ったのにな」

キノコ類が並んでいる場所に戻ってもう一度かごにシイタケを入れた。そして買い物を続けるべく歩き出す。

「ビワだ。美味しそうだし買っていこう」

隼人さんに同意を求めようとしたが隣にいるはずなのにいない。すると後ろから彼がゆっくりと歩いてきた。

「あの、ビワ美味しそうじゃ――ん？」

かごの中を見るとまたシイタケがない。さっき間違いなく入れたはずなのに。

「隼人さん？　シイタケどこに持っていったの？」

「知らない」

目を合わせようとしない彼。もしかして？

「嫌いなの？　シイタケ」

「いや、嫌いではない」

おかしい。嫌いじゃなかったら、わざわざ棚に戻しに行かないはずだ。

「じゃあ、取ってきてくれる？」

「必要ない」

隼人さんはこの話は終わりだと言うようにさっさと先に歩いて行ってしまう。

「もう」

その背中を見て笑いがこみ上げた。完璧《かんぺき》そうな彼が、まさかシイタケが食べられないなんて。人間なんだから苦手な食べ物があっても不思議じゃない。だけどそんな彼の姿を見て微笑ましく思う。

こうやって小さなことでも知っていけば、お互いの距離が縮まるだろう。心配ばかりの新生活だと思っていたけれど、うまくいくかもしれない。

私は先を歩く隼人さんを追いかけた。

結局調味料や新しい調理器具、それに食材を買ってふたりとも両手いっぱいに荷物を持って帰宅した。

そして彼が仕事をしている間に、私は不慣れなキッチンと格闘しながら夕食の準備をした。

出来上がったのは炊き込みご飯（シイタケ抜き）、鰆《さわら》の西京焼《さいきょうや》き、たことキュウリの酢の物に豆腐とわかめのお味噌汁《みそしる》。後は隼人さんが勝手にかごに入れたお造りの盛り合わせ。出来上がってものすごくオーソドックスな料理になってしまったとちょっと後悔したけれど、背伸びして難しい料理に挑戦し、失敗するよりいいだろう。

ちょうどダイニングに並べたところで、隼人さんが書斎から出てきた。

「あ、今呼びに行こうと思ってた」

「うまそうだな」

テーブルに並んだ料理を見た彼の言葉にほっとする。まあ問題は味だから、食べた後の反応が気になるのだけれど。

彼はテーブルに着くことなく冷蔵庫を開けた。

「飲めるよな？」

「あ、うん」

私が返事をすると彼はブルーの瓶を取り出した。続けて食器棚からフルートグラスを取り出す。

「シャンパン？　だったら洋食の方がよかったかな？」

「いや、これ日本酒なんだ。スパークリング清酒」

「わぁ、聞いたことはあるんだけど、飲むのは初めてかも」

テーブルについた私の目の前のグラスに、彼が注いでくれる。グラスの中でシュワシュワと泡が弾ける音がする。

「シャンパンみたい」

彼が自分のグラスに注ぎ終わると、グラスを軽く掲《かか》げた。

「じゃあ、夫婦になるための第一歩に乾杯《かんぱい》」

「か、乾杯」

夫婦という単語がなんとなく恥ずかしい。ちょっと意識しつつ私は掲げたグラスを口元に運び、一口飲んだ。

「あぁ、すごくさわやか」

フルーティなのにさわやかで、食前酒として最適だ。甘すぎず案外色々な料理に合いそうだ。

「気に入ったか？」

「うん」

「なら、よかった。酒だけは豊富だからな」

先ほど部屋の案内をしてもらった時に、キッチンの冷蔵庫とは別にパントリーにワインセラーやアルコール用の冷蔵庫があった。

隼人さんが箸《はし》を持ち料理を口に運ぶ。

「美味いな」

「よかった！　実は口に合うか心配してたんだ」

「想像よりちゃんとしていてびっくりした」

笑いながら箸を進める彼を見て、やっぱり作ってよかったと思う。もちろん外で食事をするのが嫌なわけじゃない。けれどこうやってふたりで過ごした方がお互いのことをより早く深く知ることができるような気がする。

「隼人さん、お酒好きなんだね」

「あぁ、そんなつもりはなかったんだが、気が付いたらあんなふうになってた。まあ息抜きだよな。お前のコーヒーと一緒だ」

色々な付き合いでお酒を飲むようになり、知り合いからもことあるごとに贈り物として受け取ったりしているうちに詳しくなっていったらしい。

「これといって別に趣味もないしなぁ」

深川商船の社長とあらば、忙しくて自分の時間を作るのも難しいに違いない。

「ピアノは、弾かないの？」

船上では即興《そっきょう》で私に合わせていた。相当弾ける人でなければ、あんなふうにいきなり連弾なんてできない。

「ただの教養の一環《いっかん》だ。でもまあ、嫌いではないな」

「それであんなに弾けるなんてすごい。私は実家を手放した時にピアノは人に譲っちやったから、この間は本当に弾けるかどうかドキドキした」

母がピアノ教室で使っていたピアノは、今は生徒さんが大切に使ってくれている。一人暮らしの部屋にピアノを置くのは厳しいので、欲しい人の元で使ってもらえるのは本当にありがたかった。

「そうは見えなかったけどな。堂々としてる姿を見て、なんか俺わくわくした。あの状況にもっていった、意地の悪い奴らの悔しそうな顔、思い出しても笑える」

あの時のことを思い出しているのだろうか、なんだか楽しそうだ。

「あの時は必死だったから」

「でも、泣き寝入りせずに立ち向かっていく姿、かっこよかったぞ」

「え、あぁ。ありがとう」

急に褒められて思わず動揺してしまう。

こうやって時々心が乱されるけれど、それでも彼と過ごす第一日目はそう嫌なものではなかった。むしろこれからのことを前向きに考えられるような日になった。

「おかわり、ある？」

空《から》っぽになったお茶碗《ちゃわん》を差し出された。炊き込みご飯の催促だ。

「もちろん」

張り切った私は、お茶碗に炊き込みご飯を大盛りにした。

「多すぎだろ」

「え、やっぱり。少し減らす？」

ちょっとやりすぎたみたいだ。

「いや、これくらい食える」

彼は宣言通りにあっという間にご飯を食べていく。その彼の姿を見て微笑んでいる自分がいた。

第三章

彼と一緒に暮らしはじめて十日ほど経った。私の仕事はシフト制だし、隼人さんも深夜に帰宅することも多くすれ違いながらも、お互い顔を合わせた時はできる限り会話をするようにした。それはどちらからそうしようと言い出したわけではなく、自然とそういうふうになっていたのだ。

とはいえ昨日はテレビでやっていた映画をふたりでなんとなくワインを飲みながら見て、眠るのが遅くなった。

午前十時半。私はカフェサルメントのカウンターで、朝とお昼の忙しい時間の間に、おしぼりやナプキンの補充をしていた。

「眠い」

小さな声だったが心の声が漏《も》れてしまったようで、隣にいた菊田さんに聞かれてしまっていた。

「夜更かしでもしたの？」

「ええ、昨日テレビでやっていた映画見ちゃって」

「ふーん、旦那さんと？」

「え、違う！　まだ違いますから」

慌てて否定する私を菊田さんがからかう。

「まだって、近いうちにそうなるんだし、一緒に暮らしているんでしょ？」

「まあ、そうですけど。厳密には違いますから」

自分でも変にこだわっているなと思う。けれどまだすんなり受け入れられないのだ。

それはたぶん普通の結婚とは過程が違うからだと思う。まだお互いを知ろうと努力しているところ。彼が自分のパートナーだとちゃんと自覚できるにはもう少し時間がかかりそうだ。

「もう、照れちゃって。今度話聞かせてね」

菊田さんは私の肩をポンと叩いてキッチンの方に歩いていった。

聞かせるもなにも、きっと菊田さんが期待しているような夫婦の話は何もない。仲良くはしているけれど、世間一般のカップルとかけ離れていることはわかっている。

お見合いで結婚する夫婦ってみんなこんな感じなのかな。でも私の場合は純粋なお見合いでもないし。そもそも結婚だなんて考えてもいなかったし。

人と比べても仕方ないと思い直して、私が補充したナプキンをカウンターの席に置いた時、一組のご夫婦が店に入ってきた。

「いらっしゃいませ！」

初めて見るご夫婦だ。店内をきょろきょろと見回している。

「お好きな席にお座りください」

混雑していない店内は空席がちらほらある。人気の窓際の席が空いているのでそこに座るかと思いお冷《ひや》を準備して顔を上げると、私と目が合った。そしてその途端おふたりはカウンターに来て私の目の前に座った。

「いらっしゃいませ」

この時間に来るご夫婦は、ふたりでゆっくりされることが多い。だから当然ソファのあるテーブル席に座ると思っていたので予想が外れた。

とても身なりの良いご夫婦だ。ご主人はマスクをしているので顔がわからないが、かぶっているハンチングがとてもよく似合っている。奥様は髪をきちんと結《ゆ》い上げてアップにしていて、立ち居振る舞いもゆったりとしており気品を感じる。

お冷をお出しすると「ちょっといいかしら藤間さん」と声をかけられた。名札をつけているが、常連《じょうれん》でないお客様に名前を呼ばれることは珍しいのでちょっと驚く。

「はい、ご注文ですか？」

もちろん驚いたことは顔に出さない。

「このお店に来るのは、初めてなの。おすすめはあるかしら」

奥様に尋ねられたので、まずは好みをうかがう。

「普段はどういったコーヒーがお好きですか？　サイフォンで淹れたコーヒーもおすすめですけれど」

「甘いコーヒーがいいわ」

「それならエスプレッソを使ったカフェラテはいかがでしょう？」

若い世代に好かれるイメージのカフェラテだけど、年配の方でも好まれる方は多い。

「あ、ラテアートっていうのやってもらえるのかしら、それにしましょ。ね、あなた」

ご主人に同意を求めると、静かに奥様の隣に座っていたご主人が頷いた。

「では、カフェラテをふたつお持ちしますね」

私は奥に置いてあるエスプレッソマシンの前に立つと、早速作業を進めた。それと同時に他の注文も入ってサイフォンを温める。

入社したてのころはひとつのことをするのに精いっぱいだったが、このごろはある程度注文が重なったとしてもひとりでこなせるようになった。頭の中で手順を考えながら、作業を進める。

しかし今日はいつもと少し違った。それはカウンターに座るご夫婦がじっと私の作業する姿を見ていたからだ。

たしかにどんな工程なのか気になって作業を覗き見る人は、カウンターに座っているお客様にはよくいる。私もそのタイプだ。けれどご夫婦でいらして一言の会話も交わさずただひたすら私の作業姿をじっと見つめているというのは珍しい。普段と同じことをしているのに見られていると思うと緊張してしまう。

緊張して作ったわりには上手にスチームミルクができた。カップに注いだエスプレッソにエッチングを施《ほどこ》していく。繊細《せんさい》な作業。そのうえスピード勝負だ。息を止めて作業をする。絵柄のリクエストはなかったので、得意の猫を描いて提供する。

ご主人の分にはあくびをしている猫にしてみた。ラテアートを施したカップを、お客様の元に届けるのを私はひそかに楽しみにしている。

ご夫婦の前に置くとふたりとも顔をほころばせた。

「わぁ、かわいい。猫好きなのよ」

奥様がカップから顔を上げて私を見た。満面の笑みを見て私も笑顔になる。

「実は、昔親戚の家で飼っていた猫をかわいがっていたんです。でも事情があっていい人にもらわれていって、以来見かけていないんですけど」

私が藤間の家に出入りしはじめて数年経ったころだった。理華が誕生日に買ってもらったマンチカンの子猫がいた。最初はかわいがっていたものの、理華にあまり懐《なつ》かないその猫を、いらないと言って庭に放り出したのだ。

ちょうどその日祖母の元に出向いていた私は、藤間の広い庭でいなくなった子猫を必死になって探した。二時間ほど探して庭の植木の中から発見したが、母が動物アレルギーなので自宅では飼えず、祖母が新しい飼い主を探してくれると約束してその日は帰った。後日祖母は約束通り猫好きの飼い主を見つけてくれた。二度ほど新しい飼い主の元で元気にしている猫の写真を見せてもらい安心したものだ。

「そう、なのね。猫はいいわよね」

「はい！　あ、冷めるといけないのでどうぞ。失礼しますね」

私はご夫婦に頭を下げると奥の席で手を挙《あ》げているお客さんのところへと注文を取りに行った。

気が付いた時にはそのご夫婦はすでにお帰りになっていたので、私はそれ以上気にしてはいなかった。

その日仕事を終えた私は既視感《きしかん》のある光景を目にすることになる。

何これ、デジャヴ？

駅に向かう道。一台の高級車の前に立つブラックスーツの男性。そう、いつかと同じように矢島さんが車の後ろのドアを開けて立っていた。

「お待ちしておりました」

「え、あの。今度はなんですか？」

以前は隼人さんの元に連れていかれたが、これから私が帰るのは彼と一緒に暮すマンションだ。わざわざ迎えに来ることはない。

「どうぞ」

とてもいい笑顔をしている。けれど行先は絶対に教えてくれない。さすが隼人さんの秘書だけのことはある。一筋縄《ひとすじなわ》ではいかない。

「はい。あのなるべく早く帰してださいね」

「それは……お約束できかねます」

「そうですか」

もう逆らってもきっと彼は任務を遂行《すいこう》するだろう。私は諦めておとなしく車に乗り込んだ。

そして数分後。

車は大きなアイアンの門をくぐり、バラが咲き乱れる庭を通って立派な洋館の前に到着する。イングリッシュスタイルのレンガ造りの洋館は映画やテレビでしか見かけたことのないような立派さだ。

車を降りるとシルバーグレイの髪をした身なりのきちんとした男性が、玄関前に立っていた。

「お待ちしておりました。渚様。執事《しつじ》の大村《おおむら》でございます。以後お見知りおきを」

「え、はい。よろしくお願いします」

恭《うやうや》しく挨拶をされて恐縮してしまう。

「では、こちらへ。主《あるじ》がお待ちです」

先に歩きはじめた大村さんの後についていく。

「あの、失礼なんですけど、ここはどなたのお宅なのですか？」

「え、ご存じなかったのですか」

「はい、すみません」

大村さんが驚くのも無理はない。普通は知らない場所にやってきたりしない。

「こちらは、深川家の本宅でございます」

「なるほど、深川家……って、隼人さんのご実家ですか？」

「左様《さよう》にございます」

うそでしょ！

いや、矢島さんが私を案内する場所なんて限られている。私がぼんやりしていたから気が付かなかったのだ。そしておそらくここで私を待っているのは隼人さんではなく、彼のご両親だろう。そう思うと途端に緊張してきた。

足取りが重くなる。けれどここで立《た》ち往生《おうじょう》しているわけにはいかない。私は覚悟を決めて大村さんの後を追った。大きなマホガニーの扉を大村さんがノックする。

「渚様をお連れしました」

「どうぞ」

大村さんの声に中の人物が返事をした。私は緊張がマックスで開いた扉の中に入る。

「藤間渚です。はじめまして、よろしくお願いします」

顔を見る間もなく、頭を下げた。まるで就職の際の面接のようになってしまった。

「あらあら。はじめましてじゃないのよ」

はじめてじゃないの？

少し冷静になった私は、この声をどこかで聞いたことがあると気が付いた。そこで顔を上げて、おふたりの顔を見て驚いた。

「あなたは今朝の！」

目の前にいたのは、今日サルメントに来たご夫婦だった。

「隼人さんの……ご両親だったんですか！」

「そうなの、今日はごちそうさま。本当に美味しかったわ」

にっこり笑う姿を見て、驚いた拍子に肩の力が抜けた。

そういえば隼人さんも最初にうちのカフェに押しかけてきた。親子とは行動も似るものだろうか。そう思いご両親の顔を見る。お父様は店ではハンチングをかぶっていたので顔がはっきりと見えなかったのだが、よく見ると口元が隼人さんそっくりだ。

「ご両親だったなんて、ご挨拶もせずにすみませんでした」

改めて頭を下げる。

「あらやだ。こちらが名乗らなかったのだから当たり前よ」

「店にまで押しかけてすまなかったね」

お母様もお父様も逆に謝ってくれた。

「あの、改めましてよろしくお願いします」

「こちらこそ。早く座って。こっちこっち」

お母様が勧めてきたのは、彼女が座っているソファの向かいの席ではなく彼女の隣の席だった。少し戸惑ったけれど断ることはできない。私は言われた通り隣に座った。

緊張をしていないわけではないけれど、お会いするのは二度目だと思うとパニックにはならずに済みそうだ。

座ってしばらくすると紅茶が運ばれてきた。

「コーヒーがお好きなんでしょうけれど、こだわりがあるだろうから紅茶にしたの」

「紅茶も日本茶も大好きです。お気遣いありがとうございます」

隼人さんの実家で出てくるお茶に興味がある。

「お酒も好きかい？」

「はい……あっ」

お父様の質問に勢いで答えてしまった。

「あはは、結構結構。今度一緒に飲もうな」

「あの、はい。ありがとうございます」

こういうふいうちはやめてほしい。でも好感を持ってくれているのは伝わってくる。

「あまり固くならないで、召し上がって」

お母様に勧められて、紅茶をいただく。香りが高く美味しい。やっぱり期待を裏切らない。

「これ、オリジナルブレンドなの。帰りに持って帰ってね」

「美味しいです」

「ありがとうございます」

明日の朝は紅茶にしてみよう。隼人さんも懐かしいと思うかもしれない。

「そんなふうに喜んでくれるとうれしいわ。藤間さんもこんなかわいい子隠していたなんてひどいわ」

「こらこら。結婚はタイミングも大事だから」

「それもそうね。はぁ、やっぱり女の子はいいわね。あなた」

「ああ。いるだけで華やぐな」

ふたりのやり取りを見て夫婦仲はとても良いのだと感じた。

私は今回の縁談に関して気にしていたことを直接尋ねてみた。

「隼人さんは問題ないって言うんですけれど、ご両親は私が隼人さんと結婚することに反対ではないんですか？」

彼は結婚については自分で決めると言っていたけれど、家同士のメリットがあるこの結婚について、ご両親はいったいどう思っているだろうか。

一番気になるのは本来、理華が相手だったのに、私へと変更になったことについて異論はないのだろうか。おそらくそのあたりはご存じのはず。

「あなたが藤間の家で育っていないことを気にしているの？」

「はい。おっしゃる通り私は藤間の家では育っていません。ですからいわゆる社交的なものや立ち居振る舞いは正直自信がないのです」

隠したところですぐにばれる。もちろん努力はするつもりだが、習慣になっているものはすぐになおすことはできない。

「たしかに隼人と結婚すると公《おおやけ》の場に出ることもあるわ。だからマナーやルールを知っておく必要はもちろんあるの。でもね、そもそもマナーやルールは相手を思いやるためにあるものなの。だからその点において、あなたはすでに合格よ」

「え、合格？」

伯父夫婦には〝人前に出すのは恥ずかしい〟なんて言われていたのに。

「そうよ。お店で働いている姿を見て感心したわ。あなたは周りをよく見て相手の喜ぶことを考えて行動できているの。それは本当に素晴らしいわ」

「でもそれは普通のことで」

社会の中で生きているなら誰もがやっていることだ。

「その普通ができない人が多いんだよ。だから私たちは今日のあなたのふるまいを見て確信したんだ。隼人はいい嫁を選んだなって」

お父様の優しい声が胸に響いた。

自分に自信なんてまったくない。けれどこうやって周りの人が認めてくれるならもっと頑張ってみようと思う。

「ありがとうございます。頑張ります」

「あら、無理はしなくていいのよ。結婚生活は長いんだから。自然体で」

「はい」

自分のできることから少しずつやっていこう。

「しかし女の子はやっぱりいいな。かわいい」

「本当よね、男の子は生意気《なまいき》でかわいくないわ。家に女の子が遊びに来てくれるなんていつぶりかしら」

「由利《ゆり》ちゃん以来じゃないか。隼人もあの子とは仲良くしていたから」

「あらそうだったかしら、ご実家の事業が失敗していなければ今もここに出入りしていたかもしれないわね」

お母様の寂しそうな表情が気になって尋ねる。

「あの、由利ちゃんってどなたなんですか？」

「あら、ごめんなさいね。昔うちと取引があった会社の娘さんでね、ご両親の事業が失敗してお引っ越しされて疎遠になっているの。とてもピアノが上手な子でよく弾いてくれていたのよ」

「そうなんですか」

「人を選ぶ隼人も由利ちゃんには心を開いていてね、将来は結婚しちゃえばいいのに～なんて思ってたのよ」

「結婚……ですか？」

昔の話とはいえ、別の相手との結婚話が出てドキッとしてしまう。

「結婚って言っても子供の親同士が世間話の延長でするようなものだから、気にしないように」

お父様がフォローをしてくれる。

「人の昔話して楽しそうだな」

「えっ」

いきなり隼人さんの声が聞こえて驚いた。振り向くと部屋の入口で腕組みをして不機嫌そうな顔をして立っていた。

「隼人さん、いつから？」

「さっきだよ。俺が入ったのも気づかないでいたのか？」

彼は私の目の前に来た。

「帰るぞ。明日も仕事だろ？」

「え、うん」

彼が差し出してくれた手。ちょっと迷ったけれど私はその手を握った。

「あの、お邪魔しました。お話できて楽しかったです」

結婚に対する不安がひとつ消えた。ご両親も今のところ私を受け入れてくれている。

しかし満足した私とは裏腹に、隼人さんは不満げだ。

「まったく。これからはこいつを連れ出す時は、俺にも一言、言っておいてくれ」

「あら、やだ。独占欲の強い男は嫌われるわよ。ねぇあなた」

お母様の言葉にお父様は「ああ、そうだな」とクスクスと笑っている。そんなふたりに隼人さんはますます不満をあらわにした。

「何とでも言えよ。行くぞ」

「うん」

私は隼人さんに手を引かれたまま部屋から連れ出される。

「今日はお会いできてよかったです。お店にもまたいらしてください」

部屋から出る間際《まぎわ》に伝えたいことは言いきれた。隼人さんは何も言わずに廊下を歩いている。玄関には大村さんが立って見送ってくれた。

玄関前に置いてある彼の車に乗ると、すぐに自宅マンションに向かって走り出す。

しばらくは静かにしていたが、やがて彼の方から話しかけてきた。

「悪かったな。無理やり」

「ご両親のこと？　たしかに店にいらしたのは驚いたけれど――」

「は？　あいつら店にまで押しかけたのか？」

眉間に皺を寄せる彼を見ておかしくなる。

「隼人さんだって来たじゃない。やっぱり親子だよね」

感じたことを口にしただけなのにものすごく不満そうだ。

「で、何か嫌なこと言われなかったか？」

「ううん。まったく。それどころか、かわいがってくれたよ」

私の言葉に少しだけ隼人さんの表情が緩んだ。

「そうか、だったらいいが」

一緒に暮すようになって、彼の優しさをより感じるようになった。今日だって忙しいにもかかわらず私を迎えに来てくれている。

「隼人さんは心配していたみたいだけど、ご両親とっても優しかったよ。久しぶりに、義理とはいえ〝両親〟と話できるのは楽しかった」

素直な気持ちだ。もう十分すぎるくらい大人になっているから、普段は寂しいと思うことはあまりない。けれどふと両親のことを思い出し懐かしくなることがある。だから隼人さんのご両親が私を受け入れてくれたことは本当にうれしかったのだ。

「君がいいならまた会いにいってやってくれ。ただし、俺の話題は話半分で聞けよ」

「わかった。ふふふ。今度アルバム見せてもらおう」

きっとあのご両親のことだ。あれこれと面白い話を聞かせてくれるに違いない。私はその日を楽しみにすることにした。

色々ありつつも、特にトラブルもなく過ごす日々。

今日は夜まで通しで仕事なので、私は朝からお昼に食べるお弁当を作っていた。眠い朝に……と思うけれど、まかないばかりだと飽《あ》きてしまうし、健康のためにも勤務時間の長い日はなるべくお弁当を作ることにしていた。

ここに引っ越しをしてきた当初、どこもかしこも立派で驚いた。その中でも最新の設備が整ったキッチンは、使っているうちに私のお気に入りの場所になった。

引っ越しの時に持ってきたコーヒーを淹れる道具もきちんと棚に収まっている。隼人さんとはここで一緒に食事をする機会はなかなかないけれど「コーヒーを飲みたい」という彼のリクエストに応えてコーヒーはよく淹れていた。

彼は朝食は食べないので、朝はコーヒーだけ準備していた。

今朝も自分のお弁当作りに勤しむ。おにぎりにホウレンソウ入りの卵焼き。昨日の夕飯の時に多めに作っておいたハンバーグ。ニンジンのたらこ炒め。それらをクロネコの絵が描いてあるお弁当箱に詰める。学生の時から使っていて少々かわいらしすぎるとは思うけれど壊れるまでは使うつもりだ。

お弁当に詰めた残りと味噌汁をよそい、ダイニングテーブルに座った。

朝のダイニングは大きなガラス窓から明かりが差し込み、部屋中を照らしていて明るくて気持ちがいい。

「いただきます」

手を合わせて箸を持った時、隼人さんが寝室から出てきた。

「おはようございます」

「……おはよう」

ネクタイを締めながらキッチンに向かう彼。あまり顔色が良くない。ミネラルウォーターを冷蔵庫から取り出すとサプリメントを数種類、口の中に放り込んだ。

そしていつも通り、私が淹れたコーヒーをマグカップに入れて立ったままでこちらを見る。

「……美味そうだな」

「え、ああ。これ？　よかったら食べる？」

普段は朝食をとらない彼が興味を示したので、残り物ばかりだが勧めてみる。

「いや俺、朝は――いや、やっぱりもらおうか」

一度は断りかけた彼だったが、思い直したようで私の向かいの席に座った。私は急いで味噌汁を温めておにぎりを握った。

「勧めておいてあれなんだけど、残り物でごめんなさい」

「いや、十分だ」

彼は箸をとると最初に味噌汁に口を付けた。

「はぁ、美味いな」

茄子《なす》と油揚げ。それと豆腐。いたって普通の味噌汁だが味わって食べている。

「大袈裟だよ。ただの味噌汁なのに。普段はもっと高級なもの食べてるでしょ？」

隼人さんの食事はほぼ外食だ。家ではほとんど食事をしない。

「こだわりの食材を一流のシェフが料理していても、毎日だときつい。高級だからといって偏った食事では体に良くない」

みぞおちのあたりを押さえながら、彼は少し顔をしかめた。

「もしかして胃の調子が悪いの？」

「飯も食わずに酒を飲んだからだろうな」

接待などがあれば連日飲酒することも少なくない。ジムに通って体調管理はしているようだが、食事を抜いたりアルコールしかとらなかったりではいくら体を鍛えても水の泡だ。

「不規則な食生活じゃ、胃が疲れるんだよ。私もなるべく決まった時間に食べられるように、時間がある時は節約もかねてお弁当を作るようにしてるの」

ダイニングの端《はし》っこに置いてある、作ったばかりのお弁当を指さす。

「たしかに言う通りだ、だがずっとこの生活だったからな。今更だろう」

慣れているのかもしれないけれど、いつか本当に体調を崩してしまいそうだ。

「あの、朝食食べないのは知ってるけど、もしよかったらこれからは朝ご飯作ろうか？」

夜はお互いの帰宅時間が異なっておりすれ違うことも多いが、朝は割と顔を合わせて話をしている。

「それは……そうしてくれるとありがたいが。大変だろう」

この人は普段は強引なのに、私に対してはこうやって気遣いを見せてくれる。だからこそ今のところうまくいっているのだろうけれど。

「自分の食事は作るから、そんなに手間ではないよ。残れば夕食にすればいいだけだし。夜も食べられる時は言ってくれれば作るから」

「だったら頼む」

「わかった。まあ、凝ったものは作れないんだけどね」

料理が特別得意なわけではない。好きだから見よう見まねで作っているだけなので、家庭料理そのものだ。

「それがいいんだろ。素朴《そぼく》で且《か》つなんの変哲《へんてつ》もないのがいいんだ」

「あの、それ褒めてる？」

私が軽くにらむと隼人さんは、なぜだかうれしそうに笑った。

「もちろん。で、弁当も作ってもらえるのか？」

ダイニングの上にのっている私の弁当箱を彼がチラッと見る。

「お弁当はやめといた方が良くない？　なんかちょっと恥ずかしくないかな？」

隼人さんがこんな質素《しっそ》な弁当を食べているなんて、他の社員に見られて白い目を向けられたら困る。

「恥ずかしい？　なぜ？」

しかし彼にはそれがピンとこないようだ。

「とにかく、お弁当までは無理です」

「ケチだな。ごちそうさま」

不満げな様子でそう言って、食事を終えた彼は洗面所に向かった。私も食べ終わり片付けをする。

「ケチって！　なんかちょっとかわいいかも」

普段の彼からは一ミリもかわいいなんて感情がわかないけれど、今ふとそう思った。

しばらくすると「行ってくる」という声が聞こえた。私はキッチンから顔だけ覗かせて「行ってらっしゃい」と声をかける。

ちゃんと玄関まで見送りに行くほうがいいんだろうけど。私もそんなにゆっくりしていられないから、仕方ないか。

キッチンを片付けて急いで出勤の用意をする。朝の時間は少しのんびりするとあっという間に出勤時刻になる。忘れ物がないか確認して、ダイニングに向かう。

「あれ？　ここに置いたはずなのに」

さっき作ったばかりの弁当がない。代わりに一万円札が置いてある。

「何これ」

しかしすぐに犯人がわかった。というか私の弁当を盗めるのはひとりしかいない。

するとバッグに入れてあったスマートフォンが震え、メッセージが届いた。

【弁当は俺が食べるから、君はその金でランチでも食べろ】

「は？　もうどういうこと？」

呆れた私は思わず独り言ちる。

黙って持っていくなんて！　そんなにお弁当がよかったの？　さっき向こうがなんの変哲もないって言ったのに？

しかしわざわざ私に黙って持っていったと言うことは、それほど食べたかったのだろうか。なんの工夫もない弁当を。

そう思うと弁当を盗まれたのになんだかうれしい。仕事以外で自分の作ったものを食べてもらうって、こんなにうれしいものなんだと実感する。

ふと社長室の立派なデスクで、クロネコの弁当箱を広げている隼人さんを想像した。

「やだ、もう。あはは」

頭に思い描いた彼とかわいい弁当箱が最高にミスマッチで、私は声を出して笑うのを我慢できなかった。

そのまま仕事に向かう。その日はことあるごとにその光景を思い出して、思わず頬を緩ませてしまい菊田さんに変な顔で見られてしまった。

翌朝目覚めた時は、きちんと洗った弁当箱とメモがあった。

【うまかった。でも次は弁当箱を変えてくれ】

「やっぱり、恥ずかしかったよね……」

笑いながら、私は昨日仕事の帰りに買った大きなネイビーの弁当箱を私のクロネコの弁当箱の隣に並べた。

「さて、作りますか」

エプロンをつけて作業に取り掛かる。鼻歌交じりに卵を割る。

作業工程は同じなのに自分の弁当だけを作っていた時よりも楽しいのはどうしてだろう。不思議に思いながら朝のせわしない時間に新たな楽しみを見つけた私だった。

その数日後。

仕事が休みだった私は体の不調を感じて、ソファで横になっていた。

頭の中にカレンダーを思い浮かべる。するとこの不調の原因に思い当たる。

何か月か生理が軽かったせいで油断していた。下腹部の鈍痛《どんつう》に背中を丸める。

生活環境が変わったからだ。仕方ないが自分が案外、繊細なんだと知った。

「はぁ」

昼飲んだ薬が切れてきたみたいで、どんどん痛みが増してくる。起き上がって痛み止めを飲みたいけれど、立ち上がるのさえ億劫《おっくう》だ。

じっと痛みの波が治まるのを待っていると、隼人さんが帰宅した。リビングに入ってきた彼は私がソファに横になっている姿を見て慌てた。

「渚、いったいどうした？」

「……あの、ちょっとお腹が痛くて」

さすがに生理痛だとは言いづらくてごまかす。

「医者に連絡する。少しだけ我慢するんだ」

持っていたバッグを放り出すと彼はスマートフォンを取り出した。

「救急車だな」

「えっ！　待って、病院なんて必要ないから」

それまで動くのもだるかったのに、彼が救急車だなんて言い出すから慌てて立ち上がり彼の手を押さえて電話できないように邪魔をする。

「ダメだ。そんな青い顔をして。絶対に病気だろう」

私が必死に止めても彼はなんとかして電話をかけようと躍起《やっき》になる。こうなったら腹痛の理由を言わないわけにはいかず、口を開いた。

「生理痛なの！　だから病院もお医者様もましてや救急車なんて必要ないの！」

まくしたてるように言った私を、彼はぽかんとした表情で見ている。

「……あぁ、そうだったのか」

ばつが悪そうに私から顔をそむける。勘違いが恥ずかしかったのか若干《じゃっかん》耳が赤い。

隼人さんでもこんな顔するんだな。

貴重な表情を見ることができて、少し得した気分になる。かといって腹部の痛みが和らぐわけではないけれど。

「渚。大騒ぎして悪かった。とはいえ、体調が悪いことには違いないんだから横になって」

彼は私の手を取ってもう一度ソファに座るように促す。私も素直にそれに従った。

「薬は？」

「今飲もうと思っていたんだけど、なかなか起き上がれなくて」

「わかった。どこにある？」

私が、いつも常備薬を入れてあるチェストの引き出しを指さすと、彼は痛み止めを探してミネラルウォーターと一緒に私のところに持ってきてくれた。

「ありがとう」

大きめの錠剤で飲みづらいが、よく効くから我慢だ。一気に水と一緒に流し込む。

「はぁ」

「ほら、横になって」

彼はクッションをポンポンと叩いてそこに頭を乗せるように整えてくれた。その優しさに甘えてゴロンと横になる。

ああでも今日はせっかく彼が早く帰って来る日だったのに、ご飯を作っていない。

「ごめんなさい。ご飯今日は無理みたい」

「当たり前だ。こんな体で家事なんて無理だろう」

キッとにらまれて縮こまる。そんなに怒らなくてもいいのに。

「今日は俺が作るから」

「えっ」

「なんだ、俺も簡単なものなら作れるぞ」

そう言いながらシャツの袖をまくりつつキッチンに向かった。

大丈夫なのかな。この部屋に来た時にキッチンを使っている形跡《けいせき》なんかまったくなかったのに。私は不安を覚えつつも動けないので、何も手伝うことができずにただ彼の様子をソファに横になりながらうかがうしかなかった。

「えーっと、まずは……」

彼の独《ひと》り言《ごと》が微かに聞こえてくる。なにやらすでに戸惑っているようだ。心配しながら耳を澄ませる。

「どこだ。いや、まずは調べるか。えーっと、タブレットはどこだ」

何か検索するつもりらしい。いったい何を作ろうとしているんだろうか。気になって一向に休むことなんてできない。

しばらくするとキッチンから出汁《だし》のいい香りがしてきた。どうやら順調に作業が進んでいるらしい。ほっとした瞬間「あちっ」と言う声が聞こえてきた。

本当に大丈夫なのかな。

やっぱり心配になって体を起こしたら、ちょうどキッチンからこっちを見ていた隼人さんに見つかってしまう。

「ちゃんと横になれ。しんどい時くらいは頼れ」

彼の言葉に「うん」と頷いて私はもう一度横になる。

『頼れ』という言葉がなぜだか胸に残る。母は長く入院していてこれまで一人暮らしの期間が長かったので体調が悪い時はただひたすらひとりで耐えていた。けれど今は隼人さんが心配してくれる。こうやって気を使ってくれる相手がいると、体調不良で不安な気持ちがいつもよりもましになる気がする。

誰かに心配してもらうのってやっぱりいいな。目を閉じて彼の気配に耳を澄ませる。ただ料理をしているだけの音なのに心が安らいでいくのを感じた。

「渚、できたぞ。起きられるか？」

声をかけられて目を開く。すると目の前に隼人さんがいて私の顔を覗き込んでいる。あまりに距離が近く、驚いてすぐに目が覚めた。

「うん。薬が効いてきたみたい」

私が体を起こそうとすると、彼が背中に手を添えて手伝ってくれた。あまりにもかいがいしく世話を焼かれるとちょっと恥ずかしい。そう思えるくらいには腹痛が治まってきていた。

ダイニングテーブルの上にのっているのは、煮込みうどんだ。小松菜《こまつな》、ネギ、豚肉が入っていて、真ん中には半熟卵《はんじゅくたまご》までのっかっている。

「美味しそう！」

いい香りに思わず顔がほころんだ。

「冷めないうちにどうぞ」

「いただきます」

私が箸を持つと彼はじっとこちらを見ている。きっと私の反応が気になるのだろう。見られていると恥ずかしいが、せっかく作ってくれたものだから早く食べたい。

息をかけて少し冷ます。そしてそのまま口に運ぶと出汁の香りが鼻に抜けた。よく煮込まれたうどんには味が染《し》みていてネギの甘みに小松菜のシャキッとした歯ごたえも感じられた。

「すごい。美味しい」

「そうか、よかった」

隼人さんはほっとしたように頬を緩めた。そして自分の分も持ってきて向かい合って食べる。

朝から食欲がなかったが、このうどんは美味しく食べられた。

「まったく料理ができないものだと思ってた」

うどんをすすりながら、彼を見る。

「できないんじゃない。やらないだけだ」

「ふふふ、そうみたいね」

彼ならできないことであっても、なんでもこなしてしまいそうだ。

「でも、やっぱりこれだけ作るのに時間がかかりすぎる。コストを換算《かんさん》すると――」

「ふふふっ」

「何がおかしい」

「だって、家事までそんなコストで考えるなんて。隼人さんらしい」

思わず笑ってしまった。たしかに彼の時間は相当価値のあるものだとは思う。

「もっと世の中の役に立つことに使った方が、いいかもね」

代わりの効かない頭脳を家事に使うのはもったいない。

「そんなことないだろ。妻を看病するのは世の中の役に立つよりも大事なことだ」

「えっ……それは……そうかもしれないけど」

急にそんなこと言われても困る。まだ妻じゃないし、お互いにメリットがあって決めた結婚だ。それなのにそんなに大切にされると戸惑ってしまう。

そんな私に彼は少し不満そうだ。

「お前だって、俺の体調を心配して料理をしてくれただろう。だから俺もそうしただけだ。何か問題でもあるか？」

「問題なんてないよ。だってすごくうれしいから。ありがとう」

隼人さんの顔を見ると、彼はサッと私から目を逸らした。せっかくお礼を言っているのに、そのまま立ち上がってしまう。

「マスカット食べるだろ?」

「うん。ありがとう」

素直に喜べなかった私が悪かったかもしれない。

テーブルにマスカットを運んできてくれた彼の様子をもう一度見る。その時はいつも通りだったので気になって尋ねてみる。

「もしかして、何か気に障った? 私、感謝を表すの下手でごめんね」

「は? いやなんでいきなりそんなこと?」

「だってさっさと席を立って行っちゃうから」

「それは!」

彼は何か言い出そうとしたけれど、ためらうように口を閉じた。しかし観念したかのように口を開く。

「渚が喜んでるの見て、うれしくなったなんてばれたら恥ずかしいだろ」

「え? そんなこと?」

まさかの理由で驚いた。私が気にして悩んだのは何だったのだろうか。

「そんなことじゃない。俺のプライドの問題だ」

逆にそんなふうに意固地になっている方が、かわいく見えてしまう。

「怒ってないならよかった。作ってくれたおうどん、とっても美味しかったよ」

わざと大袈裟に褒めた。もちろん、とっても感謝はしている。

「おい、面白がっていないか？」

「そんなことないよ？」

そうは言ってもやっぱりクスクス笑ってしまう。

「俺をからかうくらい元気になったならそれでいい。しかし女性は大変だな。頭では理解していたつもりだけれど、実際にここまでとは」

「私は時々だけど、毎月寝込む人もいるって聞くから」

「そこまでとはな。女性の視点から業務改善できることはないか」

「えーっと」

私は彼に聞かれるままに、日ごろ仕事をしていて困っているようなことを彼に聞かせた。飲食業と海運事業だからまったく業種は違うけれど、働いている女性の悩みは共通するところもあるのではないかと思う。

「なるほど。福利厚生《ふくりこうせい》に関しては毎年見直ししないといけないな。社員から上司には本当に言いたいことを言えないこともあるだろうから、参考になった。ありがとう」

「なんか愚痴《ぐち》みたいになったけど。うちの場合はオーナーが割と『休め～』っていつも言ってるから、飲食業の中では休みがとりやすい方だけどね」

〝休め〟どころか〝さぼれ〟ともいうし、仕事は〝適当でいい〟なんてことも、よく言っている。経営者として問題発言だと思うけれど、オーナーは従業員を大切にしている。好きな仕事と上司両方に恵まれて私は幸せだ。

「それは、渚だけじゃないのか？　お前だけ特別扱いとか？」

「そんなことないけどなぁ。オーナーはみんなに同じ態度だよ」

隼人さんはオーナーの私に対する態度を見てそう思ったのかもしれないが、オーナーは従業員みんなにフレンドリーだ。どんな相談もしやすいから、とても良い上司だとスタッフみんなそう言っている。

「だったらいいが。渚を特別扱いするのは俺だけでいいからな」

「えっ？」

どういう意味だろうか。真意を聞きたかったけれど聞けない。何かを期待しているような自分の気持ちに気づいてしまったからだ。

「どうかしたのか？」

「ううん、なんでもない」

笑みを浮かべて首を振る。

もう、不用意にドキドキさせないでほしい。彼にとってはなんでもない発言かもしれないけれど、私にとってはそうじゃない。それがなんだか悔しい。

それだけ私が彼のことを意識しているのだと思うと恥ずかしい。でも時期をみていずれは籍を入れることになる。嫌いよりは好きな方がいい。

そして彼も少しでも私と同じ気持ちでいてくれることを願う。


「Hi, Nagisa. How was your day?」

講師の問いかけに私はしどろもどろながら答える。

「えーっと、I had a busy day today.」

これで合っているのか不安になりちらっと講師の方を見る。

「Very good!」

正解していたみたいでほっとした。

最近、仕事が早番の日は英会話スクールに通うようになった。隼人さんは気にしなくてもいいとは言うけれど、何もしないでいるよりは行動していた方が落ち着く。
お母様《かあさま》に聞いていくつかおすすめの習い事を提案していただいた中で、一番興味を持つことができた英会話をはじめてみたのだ。久しぶりにする勉強はなかなか楽しく、私は今のところ皆勤賞《かいきんしょう》だった。

スクールでも顔見知りの人が何人かできた。ディスカッションをすることが多く、また社会人向けのクラスで年齢が近いこともあり少しずつ仲良くなっていった。

「see you. また来週」

生徒同士でも英語を交えての会話をするのは、英会話スクールあるあるなのか。そんなことを感じながらひとりの女性と教室を出るのが一緒になる。

「おつかれさまでした。もう慣れましたか？」

彼女は同じクラスの人で、名前は由利さん。

「はい。なんとか。でもまったくうまくなっているような気がしないんですけど」

頭を掻く私に女性は優しく微笑んだ。

「最初はそんなものですよ。私は一年たってやっと……って感じで。お互い頑張りましょうね」

花のような素敵な笑みを浮かべている。かわいらしい人だと思っていたが性格も素敵だ。たしか最初に仲良くなったのはピアノの話からだった。私でも知っているようなコンクールで入賞したこともあるらしい。今はピアノの講師をしながら海外での仕事を希望しているらしく、こうやって英会話スクールにも通っていると話してくれた。

「ありがとうございます。帰ってちゃんと復習しなきゃ」

世間話を交わしながらスクールの外階段を下りる。するとそこには隼人さんが立っていた。

「あれ、どうしたの?」

「いや、ちょうど近くで仕事だったから。終わったのか?」

「うん。あのね、こちら同じクラスの人なの、お名前は由利さん!」

私はさっきまで一緒に話をしていた女性を隼人さんに紹介した。その時彼の顔に驚きが広がった。

「どうかした?」

あまりにもじっと由利さんの顔を見つめるので、どうかしたのかと彼女の方を見ると、彼女もじっと隼人さんを見ていた。

「もしかして、由利か?」

「え、隼人くん……だよね?」

お互い最初は半信半疑《はんしんはんぎ》といった様子だったが、顔を確認して確信したようだ。ふたりともみるみる笑顔になっていく。

「本当に由利なのか？　久しぶりだな。元気だったのか？」

「うん。隼人くんもすっかり立派になったね」

「ふたり、知り合いなの？」

由利さんと隼人さんがふたり同時に頷いた。

「えー、こんな偶然ってあるんだね」

私も彼らと同じように驚いてふと思い出した。〝由利〟と言う名前に聞き覚えがあることを。それは隼人さんのお母様が口にした女性の名前だ。

お母様の話ではずっと会っていなかったと言っていたが、そういうことを感じさせないほどふたりはお互い近い距離で話をしていた。

久しぶりだから話も弾むみたいだ。普段は近寄ってくる女性は軽くにらんで蹴散《けち》らすような隼人さんなのに、由利さんとは親しげに話をしている。彼が女性にこんなふうに接しているのを見るのは初めてだ。そのせいかなんだか落ち着かない。

「あ、私そろそろ帰らないと。終電けっこう早いんだ」

由利さんが腕時計を見て急に慌てだした。

「あ、家どこ？　送っていくよ」

「え、でも。悪いよ」

遠慮する由利さんだったが、隼人さんが車のキーを見せる。

「車止めてるのすぐそこだから。いいよな、渚」

「えっ？　あ、うん」

それまで蚊帳《かや》の外だった私は完全に油断していた。慌てて返事をすると由利さんはうれしそうにした。

「じゃあ、昔のよしみで甘えちゃおうかな」

「ああ、遠慮するな。行くぞ」

隼人さんがそう言って私に目で合図した。さっさと歩き出した彼の後ろを由利さんに続き私が歩く。その間もふたりは何か話をして笑い合っていた。

その姿を後ろから見ていると、もやもやする。

隼人さんはただ、子供のころ仲の良かった人と再会できてうれしいだけだ。それがわかっているのになんでこんな気持ちになってしまうんだろう。

はぁ。なんか疲れているのかな。

消化できない気持ちを抱えたまま車に到着する。

隼人さんが後ろのドアを開けて、由利さんを乗せた。私もそれに続いて乗り込もうとすると彼が肩を掴んで止める。

「なにやってるんだよ。お前はこっちだろ」

彼は私の肩を掴んだまま助手席のドアを開けた。

「ほら、早くしろ」

「うん。ありがとう」

いつも通りのことをされただけなのに、なんだかうれしく思う。

私が助手席に乗り込むとドアを閉めた彼が、運転席に座って車を走らせた。

由利さんの家はちょうど私たちの住むマンションと同じ方向だった。車内では、ふたりの昔話を私は黙ったまま聞いていた。変に私が口を挟む雰囲気でもなかった。

車の窓から流れていく景色を、ぼーっと眺める。その間もなんだかもやもやした気持ちが消えず、そんな自分にいらだっていた。

「不躾《ぶしつけ》な質問なんだけど、おふたりってその……付き合っているの?」

由利さんにいきなり聞かれて驚いた。たしかにこんな夜遅くに英会話スクールに迎えに来る人を、特別な相手だと思うのは当然のように思えた。

「いや」

えっ……。

隼人さんの言葉に胸がぎゅっと締め付けられた。その痛みに耐えるように私は胸を押さえた。

もしかして私たちの関係を隠そうとしている？　彼女に知られるのは恥ずかしい？

ネガティブな感情が次々と浮かんでくる。そんな中で私は気が付けば口にしていた。

「私たち近々結婚するんです」

まさか自分からこんなふうに言い出すなんて思ってもみなかった。今まで菊田さんにさんざん冷やかされた時も『まだ結婚していませんから』と言ってきたのに。

どうしてこんなこと口走っちゃったんだろう。恥ずかしい。

「そういうことだ。俺たちは夫婦になる。だからただ付き合っているというのとは少し違うな」

彼が私の言葉をしっかりと肯定した。はっきりと言ってくれたことで今度は胸が熱くくすぐったくなる。彼は私とのことをごまかそうとしたわけではなかった。そのことがこんなにうれしく感じるなんて。でもなんだか照れ臭い。

「そうなんだ。幸せそうでうらやましいな……」

外の街灯の光が差し込む。その時バックミラー越しに見た由利さんの顔は笑顔だったけれど、少し寂しそうに見えた。

　由利さんを送った後、私たちは自宅に戻った。なんとなく胸がざわつくので車の中では寝たふりをしていた。

「渚、着いたぞ」

「うん」

　感情が整理できずにこんな態度をとってしまって申し訳なく思う。せめて迎えに来てくれたお礼くらい言わないと。

「迎えに来てくれてありがとう」

「別に、ついでだから気にするな。それにおかげで由利に会えたしな」

「……それならよかった」

　由利さんは車から降りる時に隼人さんと連絡先の交換を希望した。そして彼はそれに快く応じていた。懐かしい知り合いなのだから当然のことだ。

　それなのに思い出すだけで胸が苦しくなる。

「どうかしたか？」

　黙り込んでしまった私の顔を隼人さんが覗き込む。

「ううん。なんでもない。ちょっと疲れたのかも」

そうだ、きっと一晩寝れば気持ちも落ち着く。そう思い部屋に帰るとさっさとベッドに入った私は、結局明け方まで眠れなかった。

それからも日々は何事もなかったかのように過ぎていく。ただ私の胸にできたささくれがいつまでもちくちくと痛いままだった。

仕事が午後からの遅番《おそばん》だった私は、朝、仕事に向かう隼人さんを見送った。

「今日は人と会うから少し遅くなる。それより大丈夫なのか？」

「え、何が？」

彼が私の顔を覗き込んだ。

「顔色が悪いぞ。最近忙しそうにしていたけど、習い事も無理するんじゃないぞ」

彼は私の額に手を当てて「熱はないな」とつぶやいた。

たしかに最近は色々あって疲れていた。

「よく見てるね。でも大丈夫だから心配しないで」

「一緒に暮らしてるんだから、当たり前だろ。今日はゆっくり過ごせ」

「うん」

最後に彼は私の頬に手を当ててもう一度様子をうかがう。目が合ってそのまま少しずつ距離が縮まる。

もしかして……キスする？

そんな予感がして体をこわばらせる。しかし彼は「いってくる」と言ってそのまま部屋を出ていった。

なんだ……って私、残念がっている？　ないない、そんなはずないから！

自分に突っ込みをいれながら、リビングに戻ると私は出勤まで時間があるので英語のテキストを開き次の授業の予習をはじめた。

しかしそこで由利さんの顔が思い浮かんで、手が止まってしまう。

隼人さんにとっては、気の許せる昔の友人。でも由利さんはどう思っているんだろう。ご両親は昔の話だと言っていたけど、もしかしたら初恋の相手かもしれない。

だとしても、隼人さんと結婚するのは私だ。私なんだから……。

スマートフォンにメッセージが届いて勉強を中断した。相手を見て驚く。由利さんだ。

《今日隼人くんと会うのだけれど、渚さんも来ますか？》

その文面を見て、私は固まってしまった。

隼人さんが今日会う人って由利さんだったの？　だったらなぜ私に言ってくれなか

ったのだろう。私だって彼女とは知り合いなんだし。

もしかしてふたりきりで会いたかった？

そんな感情が浮かんできて胸が苦しくなる。彼が本当にそう思っていたとしても、私にはそれを責めることもできないし、彼女と会うのを不快に思う権利さえない。

ただの政略結婚の相手。法律で夫婦になることを約束した。けれど心まで縛ることはできない。改めて私と隼人さんの関係を思い知った。

しかしメッセージを放置しておくわけにはいかない。私は行かないと彼女に告げると、返事が来た。

《では今日は旦那様をお借りしますね。あ、でもまだ結婚してないんでしたね。結婚前でよかった。不倫になっちゃうところでした》

語尾にはニコッと笑っている絵文字が付いている。おそらく軽い冗談のつもりだろうけれど私を落ち込ませるには十分だった。返事をすることもできずにただその文面を見つめる。

こんなにショックを受けるなんて。本当は彼とどうなりたいの？

由利さんからもらったメッセージは、私を悩ませた。

うわの空で職場に向かう。集中していなくても体が慣れているせいで大きなミスはなく仕事はできた。たまに裏の倉庫から取ってくるものを忘れたり、段差につまずいたり小さなミスはあったけれど。

しかし悪いことは重なるもので、間もなく閉店時間の二十二時前。予期せぬ訪問者があった。

「いらっしゃいま——理華どうしたの？」

突然現れた理華に驚く。過去に一度来たっきり、この店に訪ねてくることなんてなかったのに、何かあったのだろうか。

「渚ぁあああ」

いきなり私に抱きついてきた。閉店間際で二組のお客様しかいないとはいえ、これはまずい。

「ちょっと待って、私仕事中だから」

「でも、でもでも！」

慌てて引きはがし椅子に座らせ、カウンターの中に戻る。すると様子を見ていた菊田さんがやってきた。

「知り合いなの？　大丈夫？」

「はい。たぶん」

「今日はもう片付けも終わってるし、あがっていいよ。彼女の話聞いてあげて」

「すみません、お言葉に甘えます」

私は着替えをする前にオーナーの元に向かう。わずかな時間だが一応早退をすることになるし、理華と話をするのに私用で店を使わせてもらうことになるからだ。

ノックすると「は～い」と間延びした声が聞こえた。いつも通りの返事を聞いて中に入る。

「失礼します」

「どんどん失礼していいよ、で、どうした？」

私は手短に事情を説明する。

「なんだそんなことか。別にこっちは問題ないけど、大丈夫なのか？」

オーナーには隼人さんが押しかけてきた経緯や、結婚の話はしている。だから従姉妹の理華が来たことで、私の結婚にまた何か問題が起こったのではないかと思っているようだ。

「まだ話を聞いていないので、なんとも。でもご迷惑はおかけしませんので」

「そんなのは気にしなくていいから、とにかく困ったことがあれば言ってくれ」

「はい」

オーナーの面倒見の良さには感謝している。プライベートなごたごたであるにもかかわらず私のことを心配してくれている。改めてここで働いてよかったと思う。

「では、失礼します」

「健闘を祈る」

まるで戦いに送り出されるかのような言葉に思わずクスッと笑ってしまった。

いやゆっくりしている場合ではない。私が戻ってくるのをイライラしながら待っている理華を想像して、急いで着替えを済ませ彼女のもとに戻った。

店内のお客様はすでに一組になっていた。間もなく閉店の時間だったが、理華の前にはプリンアラモードがあった。

もうキッチンの片付けほとんど終わっていたのに……。

フードのラストオーダーの時間は来店時に過ぎていたはず。でも理華がきっとわがままを言ったに違いない。私はカウンターに行って菊田さんに手を合わせた。

「すみません、仕事増やして」

「いいのよ。それより頑張って」

「あの、私が閉めますから、最後のお客さん見送ったら、菊田さん上がってくださいね」

迷惑をかけるのだ。それくらいはさせてほしい。

「わかった。ファイト」

「はい」

面倒なことが起こりそうだけれど、話を聞かないわけにはいかない。

私は理華の待つ席に戻り、彼女の向かいに座った。

「渚ってば遅い。ねぇ、このプリン美味しいね」

こんな時間に職場まで押しかけてきて、なんとのんきなことか。呆れそうになったけれど、これが理華だ。

「よかった。それで話って、どうかしたの？」

早く終わらせようと話を振ると、理華の目に見る見る涙がたまりはじめた。いつもお姫様でわがままな彼女が、私の前で涙を流すなんてめったにない。

慌てた私はバッグからハンカチを取り出して彼女に差し出した。

「泣かないで。何があったのか話をしてくれないとわからないから」

私がなだめると、理華はとぎれとぎれに話しだす。

隼人さんとの婚約を破棄した後、両親と喧嘩した理華はすぐに彼氏と同棲《どうせい》をはじめた。最初は楽しかったものの、家事なんて一切していない理華が音を上げるのに三日もかからなかった。お金で解決しようにも、両親から縁を切られ援助は得られない。彼女の自由になるお金はごくわずか。そしてそれを知った彼氏は早々に別の女性を部屋に連れ込んだそうだ。

「そんな……今どこに住んでいるの？」

理華にはいつもいいように使われて、仲良くしたいとは思わない。けれど今の話はさすがにかわいそうだ。

「まだ彼のマンションにいるわ。あいつを追い出したの」

思い通りにならなくても、強気なのはさすが理華だと思う。でもこの先ずっと彼の部屋にいるわけにはいかないだろう。

「あ、でも赤ちゃんはどうするの？」

理華のお腹の中には彼氏との子がいるのだ。

「あ～それはね……」

気まずそうにグラスの水を一口飲んだ理華がぽそっと告げた。

「うそなの」

「え？　待って」

「だから、赤ちゃんがいるって言うのはうそ。だってどうしても彼と一緒になりたかったんだもん」

なんてことだ。呆れて口を大きく開いた私は何か言おうと思うけれど、驚きと怒りで息をすることがやっとだった。

しかしそんな私の様子など彼女はお構いなしだ。

「でね、まだ続きがあるの」

私は呆れ半分、彼女の話の続きを聞く。

「それでパパにお願いしたの。助けてほしいって。妊娠してたのうそだし、家に戻りたいって心からお願いしたのよ。でもねまだ私のことを怒っていてね」

「それはそうでしょうね」

これだけ大騒ぎを起こしたのに、本人にその自覚がない。謝っているけれどまったく反省しているように思えない。

「で、どうやったら私をもう一度藤間の家に戻してくれるか聞いたの」

「条件があるのね」

いくら娘に甘い伯父夫婦でもさすがに今度のわがままは許せなかったようだ。条件を出されても仕方ないだろう。

「だからここからは、渚にお願いしないと無理なの」

「え、私？　もうこれ以上は理華のお願い聞けないよ。頼るなら他の誰かにして」

彼女のわがままのせいで、私の人生がジェットコースターみたいに動き出した。薄情だと言われてもこれ以上の騒動《そうどう》は私も受け入れられない。

「ダメだよ。このお願いは渚にしかできないんだから」

私しかできないという言葉に怖くなる。聞きたくないけれど、私のそんな気持ちはお構いなしに理華は話を続けた。

「隼人さんを返して欲しいの」

「えっ、返すってどういう意味？」

あまりのことに理解が追いつかない。

「パパが、家に戻りたいなら隼人さんと結婚するのが条件だって。だから、私が隼人さんと結婚するから、渚はもう自由ってことだよ！」

にっこりと笑った後、思い出したかのようにプリンを食べだした。私にとっては重要なことをこんな、いとも簡単に言ってのける彼女に我慢ができなくなる。

「いいかげんにして！　これ以上私を巻き込まないで」

我慢できずに立ち上がり大声で理華に感情をぶつけた。私の初めての怒りに理華は驚いたようで、スプーンを手にしたままでぽかんと私を見つめていた。

「何よ……そんなに大声出さなくてもいいじゃないの」

私はいったん落ち着こうと、深呼吸をして席に着く。

「理華、自分が何言っているかわかっているの？」

私の剣幕《けんまく》に理華の目に涙が浮かぶ。しかし今回ばかりは簡単に許すつもりはない。

「隼人さんを返すとか返さないとか、彼はものじゃないし、結婚はそんなに軽いものじゃないの！」

「でも渚だって、隼人さんとの結婚簡単に決めたじゃない」

理華の言葉に怒りが増していく。

「簡単なんかじゃなかったわよ。私がいったいどれだけ悩んだと思ってるの？」

「それはそうかもしれないけど……でも渚だってうれしいでしょ。もともと本当に結婚するつもりはなかったんだよね？　パパから聞いたもの。事業が軌道に乗れば渚は婚約解消するつもりだ。それまで我慢する……って……あっ」

それまで流暢《りゅうちょう》に話をしていたのに、理華の動きが止まる。彼女は私ではなくその後ろを見ているようだ。その視線を追っていくとそこにいたのは、隼人さんだった。

「は……やとさん。なんでここに？」

私はいるはずのない人物を見て驚いた。するとカウンターからオーナーが出てきて

「悪い」と私にジェスチャーで謝った。以前名刺を渡されていたので、心配して連絡をしたに違いない。

「さっきの話はどういうことだ？　婚約解消するつもりだと聞こえたが」

「それは――」

伯父はそう言っていたけれど結婚を決めた時、私は彼と真面目に向き合うと決心した。ただ伯父は私のその気持ちを知らない。自分が提案した通りに私が婚約解消すると思っていたのだ。

しかし誤解だと自分の口から伝える前に、理華が話をはじめた。

「そうなんですよ。渚は父とそういう取り決めをしていたみたいなんです。ですからそんないやいや結婚する渚よりも私を――」

隼人さんは黙ったままで彼女をにらみつけた。人でも殺しかねないほどの迫力にさすがに空気の読めない理華も押し黙る。

「渚、お前はいずれ俺から逃げ出すつもりで婚約したのか？」

「それは！」

伯父にちゃんと否定をしなかったのは自分が悪い。

だけど今の私はそれを望んでいない。理華が私の代わりに隼人さんと結婚すると言い出した時に嫌だと思った。それを伝えなくてはと思う。

けれど隼人さんの本気の怒りが伝わってきて、なかなか口にできない。

「俺も甘く見られたもんだな。渚にまでそんなふうに思われていたなんてな」

「違う」

「違わないだろ。そんなに俺と結婚するのが嫌なら言ってくれれば、婚前契約書でも作って離婚時期も明確にしたのにな」

私が話をしようにも彼の怒りが強すぎて気持ちを言い出せない。

そのうえ彼が発する言葉に傷ついて、ますます自分の気持ちを言えなくなっていく。

「聞いて」

「聞く必要ないだろ。まさか次の相手が決まっているんじゃないだろうな」

「そんなはずないじゃない」

その言葉を聞いて私の中で何かが壊れたような気がした。こんなに一生懸命説明しようとしても、耳を傾けてもらえない。

私が彼のことを好きだったのはきちんと私のことを見てくれていたからだ。それなのに今となっては一言も話を聞いてくれない。

こんなの……私の好きになった隼人さんじゃない。

「次の相手がいるのは、隼人さんじゃないの？」

「なんだと？」

「私に隠れて会ってるの知ってるんだから」

由利さんとのことは言わないでおこうと思っていた。けれどどうしても我慢ができずに口走ってしまう。

「おい、どういうことだ」

本当に心当たりがないようで、彼は一歩踏み出し私を問いただそうとする。

しかしそれをそばで見ていたオーナーの手が止める。

「そこまでにしましょう。お互い少し冷静になって改めて話をするべきです」

「部外者は黙っていてくれ」

隼人さんはオーナーをにらむ。

「ダメだ。あなたは今、冷静じゃない。いつもならこんなふうに藤間を泣かせたりしないだろう」

隼人さんがはっとして私の顔を見た。その時になって私は自分が涙を流しているのに気が付いた。

隼人さんは私を見て唇を噛んだ。その顔には後悔がにじんでいる。

「すまなかった。言いすぎた」

彼の謝罪の言葉を聞いて、私の目から涙がますますあふれた。色々な感情が入り混じって涙が止まらない。

「悪かった」

隼人さんがもう一度謝る。彼の表情を見て十分謝罪の気持ちは伝わってきた。けれど自分の中に芽生えた醜《みにく》い気持は簡単に消えそうにない。

「今日はもう遅い。帰ろう、渚」

彼が手を伸ばし私の手を取ろうとした。けれど私は手を引っ込めてそれを避ける。

「渚?」

「ごめんなさい。帰れない。こんな気持ちのまま一緒にはいられない」

私は顔をうつむけたまま伝えた。このままマンションに帰っていつも通りにすることなんてできない。

「だが渚――」

「今日はこの子の好きにさせてあげてください」

間に入ってくれたのはオーナーだ。私と隼人さんの間に立ち、彼を説得してくれている。

「部外者はとでも言いたそうだが、今の彼女に必要なのがあなたじゃないことだけはたしかだ。それならまだ部外者である僕の方がましだと思うけどな」

隼人さんは悔しそうに唇を噛んでいる。

「気持ちの整理ができたら、帰ります」

私はそれだけ告げると、彼から逃げるようにしてカウンターの中に隠れた。

私は気持ちをまぎらわせるように、店の片付けをはじめた。

しばらく無心でキッチンを磨いていると、店から人の気配が消えているのに気が付いた。ほどなくしてキッチンにオーナーが現れた。

「大丈夫か？」

「すみません、お見苦しいところをたびたび」

家族のいざこざを何度も見せる形になってしまって申し訳ない気持ちでいっぱいだ。

「それは気にするなって言っただろ。藤間は従業員っていうよりも妹みたいなもんだと思ってるからな」

オーナーはキッチンにある冷蔵庫の中から、ワインを取り出した。

「飲むだろ？　付き合えよ」

私は気を使わせて申し訳ないと思いつつ、ありがたく厚意を受け取ることにした。

グラスを用意している間に、オーナーは冷蔵庫からチーズとハムを取り出し綺麗にカットした。

「藤間はカウンターに座って。たまには僕がおもてなしするから」

「はい」

何も考えたくなかった私は、言われるままにカウンターに座る。肘をついて今日あったことをぼーっと考えていると自然と涙があふれそうになる。慌てて目頭《めがしら》を押さえてなんとか耐えた。

「お待たせ」

カウンターにグラスと、チーズとハム、それとナッツが乗ったお皿が置かれた。

オーナーがふたつ並んだグラスに白ワインを注ぐ。グラスにすぐに水滴がついた。

それくらいよく冷えているのだろう。

「いただきます」

私は一口飲んで味をたしかめる。すっきりとした味わい。こんな時でなければじっくりと味わって飲んだだろう。けれど今はそういう気分になれない。早く酔って色々なことを忘れてしまいたい。今だけでもいいから。

一気にグラスのワインを呷ろうとしたが、オーナーにやんわりとたしなめられた。

「酒で忘れたところで、何の解決にもならないぞ」

たしかにその通りだ。一時の痛みをまぎらわすだけ。逃げても何にもならない。

「美味しく、いただきます」

彼は私が自暴自棄にならないように、何も言わずにワインを一緒に飲んでくれた。

しばらくして言葉があふれ出してきた。それを彼は聞いてくれる。

「この結婚の話はたしかに家同士の結びつきを第一に考えたものでした。ですから〝藤間の娘〟なら誰でもよかった。でも理華が隼人さんとは結婚できなくなってしまって、代わりに私が彼と婚約したんです」

ワイングラスのステムに指をかけ気持ちを整理しながら話をする。

「でも一緒にいるうちに、彼に惹《ひ》かれる自分がいた。だから最初に伯父が言っていた婚約解消の話なんてすっかり忘れてしまっていて。このまま彼と結婚してこれからの時間をともにする気になっていたんです。でも……」

「今日のようなことになってしまって、その自信がなくなったと。それは藤間が言っていた彼が他の女性と会っていたという話につながるわけ？」

由利さんからのメッセージを受け取った時のことを思い出して胸が痛くなる。

「はい。お相手は彼の幼馴染《おさななじみ》なんです。隼人さんも彼女にだけは態度が特別で。でも小さいころの知り合いならそれも仕方ないなって思っていたんですけど」

「君の知らないところで、ふたりで会っていたってこと？」

私は頷いた。

「実は彼女の家は昔深川家との結びつきが強く、親同士は子供たちを結婚させたかったみたいなんですけど、彼女のご実家が事業に失敗してから疎遠になっていたようで。もしそんな不幸なことがなければ、今彼の隣にいるのは間違いなくその彼女だと思うし、それに……」

自分で話をしていてつらくなる。それでも吐き出してしまいたい私はワインを一口飲んで自分の気持ちを吐露《とろ》した。

「私がもし藤間の娘でなければ、彼は私なんかと婚約しなかったと思うんです。だから彼にとって私はいくらでも替えのきく存在なんだなって思うと、好きだなんて到底言えなくなってしまいました」

私はいわば消去法で選ばれたようなもの。本来彼ならば、もっと条件の良い相手との結婚が望めるし、好きな人と結婚することだってできるはずだ。

「それが、藤間の気持ち？」

オーナーに聞かれて、私は静かに頷いた。

「だったらアイツのことは諦めて、僕と付き合う？」

さらっとびっくりするようなことを言われて、笑い飛ばす。

「え、もう。こんな時に何言い出すんですか？」

またいつもの軽口だと思った私は、オーナーをにらんだ。だけど彼の顔はいつにな
く真剣で私は思わず息をのんだ。

「うそ……ですよね」

変な空気を和ませようと、笑って聞いた。けれどオーナーの表情は真剣なままだ。

「さすが僕もうそで大事な部下にこんなことは言わない。あの男から逃げて僕のとこ
ろにくればいい」

「そんな、なに言ってるんですか？」

どうしてそんな話になったのか、いきなりのことに頭がパニックになる。

「君が鈍くて気が付かなかっただけで、僕は君のことを大切に思ってる。だから藤間
が傷ついているこのチャンスを逃すつもりはない」

「オーナー……」

突然の告白に動揺《どうよう》する。でも彼の申し出を受けるなんてできない。

「そんなことできません。オーナーを利用するなんて」

「僕が良いって言ってるんだから、いいだろ。別にすぐに好きになってくれなんて言わない。時間さえあればどうにかできると思ってるから」

カウンター越しに真剣な目で見つめられて彼の強い思いが伝わる。だからこそその目を見つめ返すことができない。うつむき黙り込んでしまった私の頭をオーナーが優しく撫でる。

「悩ませて悪い。でも僕は自分の心を偽って生きていくほどつらいことはないと思っている。だから藤間も逃げるも突き進むも心に従って。僕は選択肢のひとつを提示したと思ってくれていいから」

彼の言葉が身に染みる。

「まぁ、とにかく。今日は上の部屋に泊まれ。しっかり寝て、そして考えるんだな。後悔しない道を」

オーナーはカウンターから出て上着を羽織《はお》った。

「じゃあ、戸締りよろしく。あと、それ片付けておいて」

私が頷くとオーナーは店を出て行った。

いつもは人でにぎわっている店内。今は自分ひとりでがらんとしている。

「はぁ～もう、どうしてこうなったのかな」

うまくやれている気がしたのにな。彼の立場も理解してそれなりに努力しようとしていた。意地悪なところも子供みたいに笑うところも、なんだかんだ言いながらいつも優しいところも好きだったのにな。

今日まで明確に自覚できていなかった自分に呆れる。隼人さんの車の中で由利さんがふたりの関係を尋ねた時、自分から「結婚する」と言ったのは彼女に対する牽制以外の何物でもなかった。それに理華が彼と代わりに結婚すると言い出した時に感じた怒りは、彼女の身勝手に対してだけではない。

彼の隣にいる権利を私から奪《うば》おうとしたからだ。

それくらい強く私は隼人さんと一緒にいたいんだ。でも彼は？

誤解だとしても今日の私の話を聞いて、怒っていないはずはない。それに由利さんと会ってどんな話をしたんだろう。こんな状況なら、彼女の方に気持ちが傾いてしまうかもしれない。いや、もともと私に対して気持ちなんてあったのだろうか。

結婚相手としては都合がいい。そのうえ普段彼の身近にいないタイプだから興味があったのだとは思う。でも私のことを好きだと思ってくれたことはあったのだろうか。

キスしたり、からかうように押し倒されたりした時に、あんなにドキドキしたのは私だけだったのかな。

短い間だったけれど、色々なことが思い出されてそれが全部なくなってしまうかと思うと胸が痛い。

それにオーナーのこと。彼のあの様子はきっと冗談で言っているわけじゃない。今まで一度も彼のことをそんなふうに見たことがなかったから、まさかという思いがいまだに消えない。

苦しいなら逃げてもいい、そのためにオーナーに頼る……？

もしそうしたら、私は隼人さんを忘れられるのかな？

これからどうするべきか、どうしたいのか、ちゃんと考えなくちゃ。

私はカウンタースツールからのろのろと降りると、店の片付けと戸締りを済ませて上にある仮眠室に向かった。

暗い部屋に入ると、現実味が増す。

いつもなら明かりがついていて、俺が帰宅する気配を感じて玄関まで出てくるか、待ちくたびれてソファで眠りこけているか。

そんな彼女の姿を思い出すとやりきれなくなり、ネクタイを緩めながらジャケットを脱ぎ捨ててキッチンに向かった。それから棚に置いてあるウイスキーの瓶《びん》を取り出し、適当なグラスに注いで一気に仰《あお》いだ。

ごくごくと飲み干すと、喉から胸が焼けるように痛い。顔をしかめながら空になったグラスにまた酒を注ぐ。この琥珀色《こはくいろ》の液体に頼るしか今のこのやるせない気持ちを消化する方法がない。

注いだウイスキーを飲もうとした時、スマートフォンの着信に気が付く。渚かと思い急いで確認して期待外れにチッと舌打ちが出た。

「もしもし」

『忍田です』

なんでこいつから電話がかかってくるんだ。そうは思うけれど渚の話だと思うと放っておけない。

「先ほどは、失礼いたしました」

気持ちを押し殺した声で対応する。酔ってしまう前でよかった。こいつにだけは醜態《しゅうたい》をさらしたくない。

『うちの藤間のことですが』

これだ。どうしてただの上司が、彼女があたかも自分のモノであるかのような言い方をするんだ。思わずむっとして返事をするのを忘れた。

『もしもし、聞こえていますか？』

「ええ、失礼しました。彼女は今どこに？」

『店の仮眠室で休んでいます。設備はきちんとしているので安心してください』

とりあえず彼女が今日どう過ごすのかわかっただけでも、この男に感謝しなくてはならないだろう。八つ当たり的な感情を抑えて、話を聞く。

『男女の話に部外者が首を突っ込むものではないと思っていますが、一言いいですか？』

「はい」

『彼女が泣いているのは間違いなくあなたのせいだ。これ以上悲しませるようなら、潔く彼女の前からいなくなってほしい』

声色からして冗談ではないのだということがわかる。

「なぜあなたがここまで渚に入れ込むんですか？」

『大事な従業員なんでね』

「本当にそれだけですか？」

部下思いにしてはすぎる。もっと他の感情があるのではないかと勘繰《かんぐ》らずにはいられない。

『それだけじゃないと言ったらどうするつもりだ？　とにかく、彼女が何を求めているのかわからないようなら、君は婚約者失格だ。早々にリタイアしてください。では』

「あ……くそっ」

言い返す前に、電話が切れた。俺は手にしていたスマートフォンをソファに放り投げてウイスキーを飲み干し、グラスをカウンターに音を立てて置いた。

「いったいなんだっていうんだ。渚の気持ち？　そんなものわかっていたら苦労しないっ」

グラスになみなみと酒を注ぐ。ソファに座り一口飲むと頭の中に渚の顔が思い浮かんだ。それは泣くのを我慢している顔で。思い出すだけで胸がかき乱される。

それに忍田という男。何かあるたびに俺と渚の間に立ちあれこれと口出しをしてくる。俺を見るあの目には、自分の手元にいた渚をかっさらっていった俺に対する嫉妬《しっと》が垣間《かいま》見《み》える。

渚が信頼している相手だけあって厄介《やっかい》だ。

「どうして……こうなってしまったんだ」

後悔の言葉が自然と口から零《こぼ》れ落ち、ソファの背もたれにもたれかかった。顔に腕をのせ深いため息をつく。

『こんな気持ちのまま、一緒にはいられない』

そういった時の渚の涙で濡れた顔を思い出して苦しくなる。彼女はもう俺と一緒にいることさえ嫌だというのだろうか。

その時、玄関のドアが開く音がした。この部屋の鍵を持っている人物は限られる。一瞬だけ渚が帰ってきたのかと思ったが、先ほどの忍田の様子からじゃ、その可能性がないのはわかった。

「これはこれは、みっともない姿ですな」

ちらっと見ると立っていたのは執事の大村。俺が脱ぎ捨てたジャケットを手に呆れた様子でこちらを見下ろしている。

「なんだ、こんな時間に」

「いえ、久しぶりに情けない隼人さんが見られると思ってきたら、案《あん》の定《じょう》でした」

大村の嫌味にイラッとしたが、まさにその通りだ。この執事は小さいころから俺を知っているせいか遠慮というものを知らない。だが間違ったことは言わないので、それが余計に腹立つのだが。

情報の速さに驚くが、おそらく矢島あたりが漏らしたのだろう。大村にかかれば矢島に言うことをきかせるのは赤子の手をひねるようなものだ。

「本当にそれだけか、用事は」

「いえ、わたしもそこまで暇ではありませんので。ご実家より週末の会長の還暦祝《かんれきいわ》いに渚様を同伴でご出席するようにと言付かって参りました」

「ああ、そんな面倒なことがあったな」

今はそれどころではない。しかし出席できないもしくは渚が行かないとなると理由を聞かれるに決まっている。

「お返事はご自身でお願いします。週末までになんとか渚様に謝罪を受け入れてもらうことですな」

その言葉にかちんと来る。

「なぜ俺が悪いと決めつける」

そもそも婚約破棄をするつもりだったのは向こうだ。しかも俺が他の女性と密会をしているという、根《ね》も葉《は》もないことで俺との関係をなかったことにしようとしているなんて。

「理由はわかりませんが、あなたが原因でしょう。それにせっかく初恋のお相手と結婚できるのにみすみすチャンスを逃すつもりですか」

「誰が初恋だ！」

思わず背もたれから起き上がり口の達者《たっしゃ》な執事をにらむ。

「違ったんですか？　小さなころ藤間のお宅で渚さんを見かけずいぶん彼女についてお話を聞いたと記憶しておりますが」

「余計なことばかりよく覚えてるんだな」

たしかに俺が渚を見たのは、十年以上前のことだ。彼女はまだ中学生だった。それからしばしば祖父や父に連れられて行く藤間の家で数回見かけた。その都度《つど》彼女について藤間会長に尋ねたのはたしかだ。

だから藤間の家との縁談が出た時、てっきり相手は渚だと思っていた。しかし相手が理華だと聞いて残念に思った俺は、藤間会長に理華ではなく渚と婚約したいという話をした。

だが一般家庭で育ち政略結婚など考えたこともない渚ではなく、理華との結婚を俺に勧めた。会長にそう言われてしまったので、自分の希望を通すことはできなかった。そもそも藤間会長の許しがなければ、藤間家との縁談話が白紙になる。一度は藤間家との縁談を承諾したのだから断ることはできない。俺は縁談をビジネスのひとつと考えることにした。

けれど船上パーティに渚が現れた。その時の俺は後先のことも彼女の気持ちも考えず、無理やり彼女を婚約者として発表した。本来は婚約者を発表する予定なんてなかったにもかかわらずだ。

それから船を下りるとすぐに、藤間の家に乗り込んで渚と自分の婚約をこじつけた。かなり強引なやり方だったと思う。でもあの時直感的に彼女を自分のものにしたいと思った。それを受け入れてくれた彼女に対して、後悔させまいと思っていた。

それなのに今のこのざまはなんだ。

「あなたは勝機を逃さない人間です。ご武運《ぶうん》を」

執事はそれだけ言って部屋を出て行った。

「勝機か……いったいどうすればいい？」

即断即決《そくだんそっけつ》。仕事では自分の決定に自信がなかったことなんてない。しかし渚のこととなると、どうするべきなのか迷う。

もういっそ婚姻届けを出してしまおうか。いやさすがにいくらなんでもそれはまずい。火に油を注ぐような行為だ。こんなにバカげた考えがよぎるほど焦っている。

まっすぐな彼女の生き方を目にして、そばで見ていたいと思った。責任感の強さや度胸の良さ。お人よしで損ばかりしている。けれど彼女の心からの笑顔が特別で、それを間近で見ていたいと思った。

それだけなのに。

渚は他の女性たちとは何もかも違う。洋服も宝石も女性が喜びそうなものには目もくれず、それよりも自分が淹れたコーヒーを俺が「美味い」と言う方に価値を見出すような女性だ。金で買えるようなものでは彼女を満足させることができない。

正直、恋がこんなに厄介だなんて思わなかった。

迷い悩み、それでも彼女の心もゆっくりと俺に向かってきていると思っていた。恋や愛とは言えなくても、信頼や親愛のような感情は芽生えていたはず。

それなのに。俺はどこで間違えてしまったのか。

ひとりで暮らしていた時間の方が圧倒的に長いこの部屋なのに、彼女の影がちらつく。すでにここは俺と彼女の部屋になっていた。

それが余計、今の俺の心をかき乱した。

第四章

五月の末。例年よりも早い梅雨入《つゆい》りをして雨続きの日。気持ちが沈んでいるのでせめて天気だけでも良かったらいいのにと思いながら、当面の住まいにしているビジネスホテルの部屋からコンビニで買った傘をさし藤間の家に向かった。

急に会いたいと言った私を、祖母は快く受け入れてくれた。

いつも通り祖母の部屋でコーヒーを淹れる。祖母はその傍らの安楽椅子に座って外を眺めていた。

「なかなか、やまないわね」

先ほどよりも雨脚《あまあし》が強くなり窓ガラスに激しく打ち付けている。窓の外を眺めて「そうですね」と答えた瞬間、「はぁ」とため息が漏れた。慌てて口に手を当てたけれど、祖母にも聞こえていたようだ。

「そんな大きなため息が出るのは、雨だけが原因じゃないでしょう?」

鋭い祖母の言葉に、私は苦笑いで返した。

「理華がまたあなたに無理を言ったのでしょう?　まあ今回は健三が欲をかいたのが

一番の問題ですけどね」

祖母はどうやら理華が伯父に言われて、またもや隼人さんと結婚したいと言い出したことを知っているようだ。

「実は私、藤間の事業が軌道に乗れば婚約破棄してもいいと伯父さんに言われて……でもこの話を受けるなら隼人さんにちゃんと向き合うつもりだったんです。でもそれが伯父さんには伝わっていなくて」

「そう、そんな話があったのね」

「それを隼人さんに聞かれたんです。彼は当たり前ですけど相当怒っていて、それでどうしたらいいのか悩んで……」

祖母の隣にあるコーヒーテーブルにカップを置いた。祖母はすぐに香りを確かめて一口飲んだ。

「ありがとう、美味しいわ」

祖母の笑顔を見てほっとする。私も近くの椅子に腰かけて家政婦さんが持ってきてくれたお菓子と一緒にいただいた。

「隼人くんは損な性格をしているわね、誤解を受けやすい」

「それは……そうかもしれません」

そもそもあの若さで深川商船の社長だし、見かけも中身も完璧なら誰もが一目置くのは頷ける。そのうえどんな場面でもはっきりと意見を言うので、一見して偉そうに見えてしまう。

祖母の言う通り誤解をされやすい。私も最初は彼のことをただの威張《いば》っているだけの人だと思っていた。

「渚、彼は本当にうちとの業務提携のためにあなたとの結婚を希望したと思っているの？」

「え……だってそう説明されたから」

「ふふふ、本当に素直ね。たしかにお互いの会社のメリットを考えたというのはうそではないしね。しかも彼は個人的に藤間リゾートに出資しているのよ。まあ健三はより多くのお金を引き出そうとしたのだろうけれど、楽して儲《もう》けたいあの子の考えそうなことね」

伯父に対する呆れの交じった苦笑いを浮かべた。

「数か月前に隼人くんに縁談の話をもちかけたのは、健三よ。だけどその時隼人くんは理華ではなく、渚、あなたと結婚すると思っていたようなの」

「えっ、どうして？」

あの船上で出会うまでは、私の存在すら知らなかったはずだ。

「あなたは覚えてないだろうけれど、この家で何度かあなたは隼人くんとニアミスしてるのよ。それも結構前から。最初はそう、あなたが泥だらけになって理華の捨てた子猫を探した日よ。結局あの猫は隼人くんの希望で、深川の家で飼われることになったのよ」

「えっ……じゃあ、おばあ様が言っていたきちんとした飼い主って、深川家の人達だったんですね」

まさかそんなこととは、まったく知らなかった。

「隼人くんはそれからも、時々ここに猫の写真を届けてくれたの。そしてその代わりにあなたの話を聞いて帰ったのよ。さすがに近年はあまりそういう機会はなかったけれど、縁談の話が出る少し前かしら？　家政婦と楽しそうに料理の下準備をしているあなたを見て、彼が笑っていたのは」

それはうっすらと記憶がある。祖母に会いにきて来客があるからと待っていた時だ。何もせずに待つのが暇だったので、家政婦さんの手伝いをしたのだ。そこを彼に見られていたらしい。

そんなことがあっただなんて。

「でも私は、隼人くんが理華ではなくあなたと結婚したいと言い出した時に、最初は反対したの。良くも悪くもあなたは一般家庭で育っているし、自由に暮らして自分の好きな仕事もしているでしょう？　そんなあなたを窮屈《きゅうくつ》な家に押し込めたくなかったのよ」

「おばあ様……」

「理華は出来は悪いけれど、結婚相手は両親が決めるものだと小さいころからそうやって育てられてきたの。だから覚悟はできいているものだと思っていた。だから理華を勧めたの。あなたに知らせなかったのは混乱させたくなかったからよ」

祖母が私を大切に思っている気持ちが伝わり、胸が熱くなる。

「それなのに隼人くんは、理華の代わりにあなたが船上パーティにやってきたことで、やっぱりあなたがいいって」

「でも私はあの時その場限りのつもりだったのに」

「彼にとっては違ったみたいね。きっとあなたが現れた時から、あなたと結婚することに決めたに違いないわ」

パーティの間、そんな素振りなんて全然感じなかったのに。そもそも私に対していい感情を持っているとさえ思えなかった。

「そうまでしてあなたと結婚したかったのね。それで私は渚さえよければふたりの結婚を後押しすることに決めたのよ」

私の知らない間に起こっていた事実に困惑《こんわく》する。まさか彼が〝藤間の娘〟と結婚したいのではなく私と結婚したいと思っていたなんて。

今まで私を悩ませていた誤解が解けた。それと同時に胸の中にある黒い物体が少しずつ小さくなっていくのを感じた。

私の表情が変わったのを見た祖母は、膝に置いてあった私の手をぎゅっと握った。

「知らないことは、知ろうとしなければずっとわからないままよ。当たり前のことをしていかないと前には進めないの」

「はい、おばあ様」

「本来ならば隼人くんから直接聞くべき話だと思うけど、ふたりとも不器用すぎて見ていられないわ。渚はどのくらい隼人くんのことを知っているのかしら？」

「どのくらいって……」

祖母の問いかけに答えることができない。言われて初めて彼という人を私がどのくらい知っているのか考えてみた。

結婚すると決めたことは理由があったけれど、それでも私は彼じゃなければこの縁談を受けていなかっただろう。彼と過ごす時間に比例するように彼のことが好きになっていった。だからといって、彼のことを知っているのかと言われると自信がない。

「夫婦でもね、わからないことがたくさんあるの。それは何年経ってもそうよ。だから話し合わないといけないの。逃げていては何も手に入らないの」

「はい、よく覚えておきます」

「そう、いい子ね」

握っていた手を優しく撫でられた。

自分はもう大人でだいたいのことはひとりでどうにかできると思っていた。でも実際は何日も落ち込むだけで何もできず、こうやって周りの人間に助けてもらっている。

「あえてここで私は渚の隼人くんへの気持ちは聞かない。だから本人にはちゃんと伝えなさい。仮にも、どんな形であろうと、結婚すると決めた相手なのだから、ね」

私が頷くと祖母が笑みを浮かべた。

隼人さんはどうして本当のことを言ってくれなかったのだろう。いやその前に、私は自分の気持ちを彼にちゃんと伝えていない。相手の気持ちだけ聞きたいなんて許されない。

私はできるだけ時間をかけて、自分の中の彼に対する気持ちと向き合うことにした。

「おはようございます」

従業員用の入口から事務所に入ると、菊田さんとモーニング担当のアルバイトさんがすでに出勤していた。

「あれ、藤間ちゃん遅番じゃなかったっけ？」

「そうなんですけど、早くに目が覚めちゃって。特にやることなくて暇なので来ちゃいました」

笑ってみせたけれど、菊田さんの顔は反対に曇った。

「大丈夫なの？　顔色あまり良くないみたいだけど」

「そうですか？　あ、今日はいつもより薄化粧かも。仕事が始まるまでにはちゃんとお化粧しますね」

なんとかごまかそうとする私の気持ちを汲んでくれたのか、菊田さんはまだ言いたそうだったがそれ以上何も言わないでくれた。

「じゃあ、私たちは行くから。ごゆっくり」

「はい」

事務所の椅子に座って「はぁ」と息を吐く。あの日以来、隼人さんと住んでいたマンションには帰っていない。店の近くのビジネスホテルで寝泊まりしているのだが、正直あまり眠れていない。

けれど祖母と話をした日から気持ちがわずかに前向きになった。解決に向かっているわけではない。けれど私が覚悟を決めたぶん、少し強くなった。

ただまだいつも通りとはいかない。そのせいで菊田さんに余計な心配をさせてしまったかもしれない。

「はぁ。もうダメだな」

どうにかしなきゃいけないと気持ちばかり焦るけれど、実際に行動に移せずに一日が終わる。

週末には深川のお父様の還暦祝いの会がある。錚々《そうそう》たるお客様がいらっしゃる。そこに私も参加する予定になっている。

昨日隼人さんからきたメッセージには、参加についてはどちらでも構わないと書いてあったけれど、私が参加しないとなればご両親はどう思われるだろうか。

色々と考え《参加する》という返事はしたけれど、私はまだ迷っていた。

「おーい。飯《めし》くったか?」

「え?」

いきなり声が聞こえてきて振り向くと、そこにはオーナーが立っていた。

「さっきから声かけてるのに、無視しないでくれよ」

「あ、すみません。ちょっと考え事していて」

「そうか。飯行くぞ。どうせまともなもの食べてないんだろう」

「え、でも」

たしかにオーナーの言う通りで、食欲があまりなく最低限の食事しかしていない。とてもじゃないけれどそんな気分じゃない。けれど私が返事をする前にオーナーはさっさと歩き出してしまった。こうなっては行かないわけにはいかない。

立ち上がった私は、さっさと部屋を出たオーナーを追いかけた。

オーナーについていくと外に出るのかと思いきやエレベーターで屋上に上った。今更気が付いたのだが、オーナーの手には紙袋があった。

「ほら、座って」

言われるままにベンチに座る。すると私の方に有名なカフェの紙袋が差し出された。中にはホットサンドとオレンジジュースがあった。たしかここのジュースは生絞りですごく美味しいと聞いたことがある。

「オーナー、ここって。並ばないと買えないですよね」

「ああ。並んだよ」

「え、すみませんわざわざ」

「そうだ、だからちゃんと食えよ」

私は紙袋から取り出したホットサンドを食べた。トマトとチーズ、それにハムが入っていてすごく好みの味だ。

「美味しいです」

「そうか、美味いなら大丈夫だな。人間食べてたらなんとかなる」

オーナーも私のことをずっと気にかけてくれている。

「すみません、プライベートなことで心配かけて」

「気にするな。僕が勝手に心配しているだけだから」

その優しさに胸がいっぱいになる。

「どうだ、それで少しは気持ちの整理がついた?」

「はい。週末には絶対に会うことになるのでそれまでには彼と何を話し合うのかちゃんと整理しておきます」

「そうか。後悔しないようにな。人生をかけられる相手っていうのは、そう簡単に見つからないから。まぁ、ダメになっても藤間には僕がいるから」

おどけるオーナーの言葉で、私は覚悟した。伝えなくてはいけないことがあるのだ。

「オーナー、そのことなんですけど」

私はしっかりと彼の目を見た。今から伝える私の気持ちを彼にわかってほしい。

「先日のオーナーの言葉、うれしかったです」

「そうか――」

一瞬彼が何かを言いかけた。けれど私はそれを遮って自分の言葉を続ける。

「でも私は隼人さんと向き合いたい。逃げることなく」

はっきりと言い切った。何度も何度も考えて考え直した。正直逃げてしまった方がこの先楽になるかもしれないとも思った。だけどそれだと誰かに守られたままいつまでも引きずってしまいそうだった。

祖母の『逃げていては何も手に入らない』という言葉が自分を奮い立たせてくれた。

私は立ち上がり、頭を下げた。

「オーナーの言葉本当にうれしかったです。ありがとうございました」

これが本当の素直な気持ちだった。感謝でいっぱい。でもそれは恋とは違う。愛でもない。私が今求めている人ではないのだ。

「そう言うと思った。でも想像してたけど、結構きついな」

彼が前髪をかき上げて、空を仰いだ。自分のせいで大切な人を傷つけると思うと罪悪感がわいてくる。けれどそれでも私はやはり隼人さんと向き合うと決めた。後悔はしない。

「まあでも、その潔いくらいのまっすぐさが僕の好きな藤間だからな。あ、わかってるもう好きなんて言わないから、そんな顔するな」

傷ついているはずなのに、それでも優しいオーナーには感謝しかない。

「私オーナーみたいな人が上司でよかったです」

「じゃあ、死ぬまでこき使うから、早く元気になれよ」

そこまで言うとオーナーは、先に仕事に向かった。私はまだ時間があるのでひとり屋上のフェンスのところに立つ。

大きく伸びをしてそれから深呼吸もした。少しずつ自分の気持ちを整理してみんなに伝えていこう。それが巻き込んでしまった人たちに対して私のできる精いっぱいのことだから。

ぐるっと屋上を見渡し、色々なことを思い出す。

「たしかここに隼人さんが立っていたんだよね」

あの日は急に彼がやってきて、ここで……キスしたんだった。

その時のことを思い出して、胸がギュッと締め付けられた。でもそれと同時にその時感じた胸のときめきも思い出した。

きっと今私が苦しいのは、彼のことを好きだからだ。だからこんなにも苦しい。理華にも由利さんにも隼人さんと結婚してほしくない。

それが今の私の素直な気持ちだ。もう一度隼人さんと話をしなくては。私は決意を新たにした。

しかし決心したものの、彼が今アメリカ出張中だというのをすっかり忘れていた。これは言い争いになる前から決定していた予定なので、忘れていた私が悪い。

彼と会えるのは週末のお父様の還暦祝いの会、当日だ。本当はそれまでに話をしたかったのだけれど、仕方がない。

電話やメッセージで伝えることじゃない。目を見て話したい。私は週末までの間を緊張して過ごした。

運命の朝。私が目覚めたのはホテルのフロントからの電話だった。荷物が届いているというので、部屋まで持ってきてもらう。

大きな濃紺《のうこん》のボックスに、金色のオーガンジーのリボン。深い海の色を思わせるような箱にカードがついていた。

【このドレスを着て会えるのを楽しみにしている】

差出人の名前は見なくてもわかった。隼人さんだ。箱の中には私たちが出会った時に彼が最初に選んだ深紅のドレスに似たものが入っていた。あのときと違うのは、背中がしっかりと隠れるデザインになっていること。

もしかして、彼わざわざ作り直してくれたのかな？

バッグやアクセサリーにパンプスもそろっている。

彼からのドレスが届いて勇気が出た。彼はまだ私のことを婚約者として見てくれている。今はそれだけで十分だ。少なくとも彼がそう望んでくれているならばパーティが終わり私の気持ちをちゃんと伝えるまでは、私は彼のよきパートナーでいようと思う。

「さて、まずはシャワー浴びなくちゃ」

私はここ最近で一番綺麗に見えるように、時間をかけて準備をした。

お父様の還暦祝いは都内の外資系ホテルのホールで行われた。結婚披露宴を行うほど広い会場には所狭しと人が集まっている。誕生日を祝うとはいえ、取引先の企業が集まるパーティ。経済界に疎《うと》い私でも知っている人がいる。その、錚々たる面々に驚いた。

「すごい人ですね」

私を迎えに来てくれた大村さんに、会場を見た感想を伝える。

「還暦祝いなので今年は特に多いですね。まあ、深川グループの会長ですから」

「そ、そうですよね」

何も今回が特別なわけじゃない。しかしこういう会に不慣れな私はその人の多さに緊張した。

「渚様、お元気でしたか？」

「え、あ。ご心配をおかけしています」

大村さんは深川家の執事だ。私たちの間にあったことを彼は知っているに違いない。

「心配するのは当たり前のことですから、お気になさらずに。わたしはあちらで控えておりますので、何かありましたらおっしゃってください」

頭を下げた大村さんの背後から「その必要はない」と声が聞こえた。

「俺がついているから、何かあれば俺に」

現れた隼人さんは、急いで来たのか少し呼吸が乱れていた。

「ご随意《ずいい》に」

大村さんは頭を下げてその場を離れた。

「悪かったな、遅くなって。そのドレス似合っているな」

「もしかしてこれ作り直してくれたの？」

「別に渚のためだけじゃない。俺がこの色のドレスを着た君を見たかっただけだ」

「素敵なドレスありがとう。あのね――」

パーティが終わったら話があると告げようとした。しかしその前に隼人さんのご両親がこちらに気が付いた。

「渚ちゃん！　こっちに来て」

嬉々《きき》として手招きするお母様を見て隼人さんがため息をつく。

「俺は無視かよ」

思わず笑ってしまった私を見て、彼が目を細めた。先日言い合いになって別れた時は険《けわ》しい表情をしていたので、いつもの彼と変わらない様子にほっとする。

「早く行かないと」

「別に急ぐ必要はない」

ふたりで話をしているとしびれを切らしたご両親の方から私たちの元にやってきた。

「もう、ふたりでいないでこっちに来て」

お母様は私の隣に立ちニコニコしている。

「お父様、お誕生日おめでとうございます」

私は手元に用意していたボックスを手渡す。

「え、わたしに？　いやぁ、もらえると思ってなかったからうれしいな」

ニコニコしながらボックスの紐《ひも》を解いていく。

「コーヒーカップか！」

「そうなんです。あのもっと立派なのをお持ちかと思ったんですけど、お母様とおそろいなので、今度私にコーヒーを淹れさせてください」

きっとプレゼントも高価なものをたくさんいただくだろう。しかし張り合っても仕方ない。私の差し上げたいものを選んで渡すことにした。結果お父様は喜んでくださった。

「ああ、すごく楽しみにしているよ。ありがとう。渚さん」

私の背中をポンポンと叩いて微笑んでくれた。

「あ、そうだ。隼人から聞いてるかしら。待ってね。えーっと。あ、いた」

お母様が会場をきょろきょろと見回した。そして私の後ろに視線を留めて手招きする。

「由利ちゃん、こっちよ～」

え、由利ちゃんって……。

振り向くと予感は的中していた。そこには白いドレスを着てにっこりと微笑む由利さんが立っていた。驚いて声も出せずにただ彼女を見つめる。考えてみたら彼女がここにいてもおかしくないのに、彼のことばかり考えていた私はその可能性に気付かなかった。

「こんばんは。おじさまお誕生日おめでとうございます」

「ああ、由利ちゃん。久しぶりだね。隼人から聞いた時は驚いたよ」

お父様と由利さんが話をしている姿を茫然と見ていると、横からお母様が説明してくれる。

「実は隼人が今日の会に招待したんですって。プレゼントにピアノの演奏をしてくださるの」

「え、あ、そうなんですね」

隼人さんが招待をしたの？

見ると、お父様と由利さん、そして隼人さんの三人で話に花が咲いている。

その光景を見ていると胸が痛む。

それまで勇気でいっぱいだった私の気持ちがしぼんでいくのがわかる。でもなんとか作り笑いを張り付けて周囲にわからないように努めた。

さっきまでは彼にプレゼントされたドレスを着て、いつもと変わらない彼の様子に今日こそは自分の思いを伝えられそうだと思っていたのに、由利さんが現れて気持ちがかき乱されてしまった。

「渚、こっちに」

「あ、はい」

呼ばれて色々な人に挨拶をする。意地でなんとかそつなくこなしているけれど、本当は何も知らないまま彼の隣に立っているのが苦痛だった。

もしかして彼はこうやって私をお飾りの妻にするつもりなのだろうか。だからこの場に恥ずかしくないようにドレスを贈《おく》り、それなりに優しい態度を見せた。けれどそれは義務に似た感情ではないの？

考えれば考えるほど嫌な思考に陥っていく。私はこれ以上苦しくならないように心を無にして笑うだけにとどめた。

「渚、疲れたのか？」

「え、大丈夫。でも挨拶は必要最低限にさせて」

優しい態度まで、色々と疑ってしまう。そんな自分が嫌で少しこの場を離れて落ち着こうと思う。

聞けばいいじゃない。どうしてあえて彼女をこの場に招待したのか。だけどそれが今の私にはできなかった。そんな意地悪なことを考える自分に苛立つ。

「挨拶はもういいから、少し休むといい」

「ありがとう」

付き添うと言う隼人さんの申し出を断って私は控室《ひかえしつ》ではなく、外の空気が吸える非常階段に回った。パーティ会場を抜ける時聞こえてきたのは、由利さんの奏《かな》でる美しいピアノの音だった。

非常階段には誰もいなかった。一階分階段を上る。人の多い会場の熱気から抜け出し頭を冷やす。乱れていた感情を深呼吸して抑える。

目をつむると由利さんと隼人さんが話をしている姿が思い浮かぶ。胸が痛くなる。だからといってここで隠れているわけにはいかない。会場から私がいなくなると迷惑をかけることくらいは私にも予想ができる。

戻らないといけない。あと一回深呼吸をしたら会場に戻ろうと階段を下りだしたその時、誰かが扉を開けて非常階段に出てきた。反射的に体を隠した私は白いドレスを目にしてはっとする。

由利さんだ。それと一緒にいるのは隼人さん。

ふたりでどうしてこんなひとけのない場所に？

ドキドキと心臓が嫌な音を立てる。手のひらには汗。隠れてしまったことを後悔した。今更出ていくわけにもいかない。

小さくなってただ時が過ぎるのを待つ。しかし会話はしっかり聞こえてきてしまう。

「隼人くん、今日は本当にありがとう！」

興奮した様子の由利さんは、今まで聞いたことのないほど弾《はず》んだ声だった。

「別にこのくらい、気にするな。俺にできることはこのくらいだからな」

一方の隼人さんはいつもと変わらない。

カツンとヒールの音が階段に響く。由利さんが一歩隼人さんとの距離を詰めた。

「そんなことない。隼人くんにはこれからもそばで助けてほしいの」

由利さんが勢いよく隼人さんに抱きついた。

「ダメ」

ハッとふたりの視線が上を向き私をとらえた。とっさに声をあげて顔を出してしまった。だけどもう止められない。

私は階段を下りるとふたりの元に駆け寄って、由利さんと隼人さんの間に体を割り込ませ彼に抱きついた。

「ダメなんです。彼だけは……隼人さんはダメなんです」

もう半分以上ヤケだった。何日も悩んで言葉を選んできたのに、そんなものはすっかり抜け落ちてしまっていた。ただ彼女に隼人さんを渡したくないという一心だった。

「渚？」

驚いた声の隼人さんだったが、私は彼にぎゅっと抱きついた。もう言葉なんかでは言い表せない。人前で自分がみっともないことをしている自覚はあるけれど、どうしようもなかった。これまでにないほど力いっぱい彼を抱きしめた。すると彼の腕が私を抱きしめ返してくれた。

「そういうことだ。俺もそばにいたいと思うのは渚だけなんだ。だからこれ以上は由利の力にはなれない。渚だけなんだ、俺が欲しいのは」

頭上から彼の言葉が降ってくる。それは徐々に私に響いて胸が締め付けられる。

瞼《まぶた》の裏が熱い。

隼人さんも私と同じ気持ち……なんだよね。

私は彼の背中に回した腕にますます力を込めた。

「そう……ね。わかっていたのに、あなたたちふたりはただの政略結婚じゃないってことは」

彼女の歩くヒールの音がカツンカツンと響く。

「ごめんなさい。ちょっと意地悪したかっただけなの、傷つけたこと謝ります」

非常階段の扉から中に入る彼女が最後に残した言葉だった。

「渚……こっちむいて」

ふたりっきりになった。私は彼の胸に顔をうずめたままだ。少し時間をおいて冷静になったら自分のしたことが恥ずかしくなってしまった。

「渚」

隼人さんの声に私はゆっくりと顔を上げた。すると彼の顔が見えたと思った瞬間、いきなり唇をふさがれた。

「んっ」

驚きで一瞬抵抗した。けれど、彼の大きな手のひらが私の顔を包み込み、より深くキスを求めてくる。激しいけれど甘い。そんなキスに体がしびれ抵抗なんてほんの一瞬だった。私は体の力を抜いて彼のキスを受け入れた。

「渚っ……」

ほんの少し唇が離れた隙に、彼が私の名前を呼ぶ。ただそれだけなのにあふれ出すような幸福感が私を包む。彼の背に回した腕に自然と力がこもった。

もう離れたくない、離したくないと彼に伝わるように。

どのくらいキスを繰り返したのか、目を開くと彼の目がまっすぐに私を見つめていた。

「今更遅いのかもしれない。でもちゃんと伝えたい」

彼の手のひらが優しく私の頬を撫でた。

「好きだよ、渚。ずっと言えなかった俺が、全部悪い」

私は首を振って彼を見つめる。

「いろんな理由をつけて、一番大事なことをちゃんと伝えていなかった。だからこれからは毎日言う。渚、好きだ」

彼の言葉ひとつひとつで胸の中にあった黒い感情が流されていく。

「藤間渚さん、俺のそばに一生いてください」

目の前の彼の言葉に、私は涙をあふれさせた。そして震える声で返事をする。

「はい。私もあなたのそばにずっといたいです」

素直になることは簡単じゃない。でもそれはお互いを知るための大事なことだ。

私の返事に微笑んだ彼と唇を交わす。お互いを求めあうキスに酔いしれる。

「……ダメだ」

キスが終わり、彼が私を抱きしめる。彼の体から伝わる体温が、やっとふたりの気持ちが通じたことを実感させてくれる。

「ダメって……何が？」

「これ以上ここにいたらやばい」

隼人さんはそう言うと、私の手を取り階段をのぼりはじめた。一階分上がりそこからエレベーターに乗り込んだ。

「えっ、ちょっと待って。パーティは？」

彼はエレベーターに乗ると最上階のボタンを押した。もちろんそこには会場はない。

「そんなものは放っておけばいい」

彼は階数表示の数字が変わるのをイライラしながら見ている。

「でも、私何も言わずに出てきちゃったから心配かけるかも」

「大丈夫だ。みんな知らないふりしてくれる」

「でも――っ」

いきなりキスされておしゃべりを遮られた。そうされたら黙るしかない。

「……もう」

唇が離れた後、そうやって頬を膨《ふく》らませてすねて見せるのが精いっぱいだった。だって私も本当は会場に戻らず彼とふたりっきりでいたいと思っていたから。

到着したのは最上階。隼人さんは私の手をしっかりと握ったまま、鍵を開けて部屋に入った。

いつの間に、部屋取っていたんだろう。

疑問に思ったけれど、それを聞く暇は与えてもらえなかった。

その瞬間ぐいっと手を引かれて、彼に抱きしめられていた。

「色々と言いたいことも聞きたいこともあると思う。だけど今は渚を感じたい」

彼の言葉の意味することがわからないほど子供じゃない。もちろん言葉で伝えることが大切だって今回のことでふたりとも学んだ。だけど今私たちに必要なのはきっと言葉じゃない。私は一歩彼に近づいて返事の代わりに彼の背中に腕を回し、腕の中で顔を上げて彼の様子をうかがう。

彼の目が私にまっすぐに向けられている。今まで見たことのない熱のこもった瞳。その目に見つめられるだけで、胸の中が熱くなってくる。

「なんかすぐに喰っちゃいたいって思っていたんだけど、もったいないな」

「大丈夫。私は食べてもなくならないよ」

当たり前のことを言い返した。

「あはは、何それ。かわいすぎだろ」

楽しそうに笑うその顔は、私が好きな彼の笑顔だ。私も思わず笑顔になる。そんな私の唇に彼が小さなキスをした。

「では、遠慮なくいただく」

そう宣言した彼は、私を抱き上げてベッドに運んだ。広い部屋、きっと豪華な造りになっているんだろうけれど、それを確認することはできない。私の視界には彼しかいないのだから。

スプリングが良く効《き》いたベッドにゆっくりと下ろされた。ベッドの縁に座ると彼がその前にひざまずきパンプスを脱がせた。そしてそのまま私の足に唇を落とす。

いつも横暴《おうぼう》なほど俺様の彼が、まるで私に服従《ふくじゅう》するかのような態度に体の芯が熱くなる。自分にこんな感情があるなんて。

彼に対する様々な思い。そこには今まで誰にも抱いたことのないような思いもある。

最初は偉そうな態度に嫌悪感を持ち、思ってもみなかった気遣いを感じて、そして少年のような笑顔に魅せられた。企業を背負い重責に耐える決断力や行動力に尊敬の念を抱き、かと思えば嫌いな食べ物は頑《がん》として食べない子供っぽいところさえギャップを感じて好感を持った。

私を大切にしてくれる彼と一緒にいたいと思い、彼に近づく相手に嫉妬し、彼との別れを予感して絶望した。それでも自分の気持ちに素直になることで、めいっぱいの愛を受け取っている私は、人生の中で一番幸せだ。

そして今は彼にもっと私を欲しがってほしい。

彼は私の足に口づけをしたまま、視線だけで私を見る。その目の中に感じた欲望に、私の体がいっそう熱くなった。

どうしようもないくらい熱を持つ体。私はまとめてあった髪をほどき左右に頭を振る。

「来て」

両手を広げて彼に抱きしめてほしいとねだる。

彼は口角をわずかに上げるだけの妖艶な笑みを浮かべると、キスの場所を徐々に変えていく。膝がしら、指先、耳元。熱い吐息がかかり体の力が抜ける。

彼は私の体を優しくベッドに横たえた。それと同時に耳朶《じだ》にゆっくりと舌を這《は》わせた。

「ん……はぁ」

自分の声じゃないような声。恥ずかしいけれど我慢などできずに口から洩れてしまう。そして彼もまた私にそういう声を出させようと、耳だけに与えられていた刺激を首筋から胸元にかけて次々と与えた。

サイドにあるファスナーがゆっくりと降ろされていく。だんだんと素肌がさらされていく。

恥ずかしくて彼の視線から隠すように体をよじる。すると背中が露《あら》わになって私は慌てて元に戻そうとする。

初対面で一度見せているので、彼は背中の傷のことは知っている。だけどこういう時に見て気分のいいものではないはずだ。

けれど彼は隠そうとする私を制止した。そしてそのひきつった傷口に優しく口づけた。

「隠さなくたっていい。俺にとっては渚の全部が愛おしいから」

彼の言葉が胸に響く。これから先もどんな自分でも彼なら受け入れてくれると思えた。

彼の体から伝わる体温、匂い、重み。そのすべてを愛おしい、欲しいと思う。素直になると決めた私は恥ずかしいと思いながらも、感情のままに自分を表現し続けた。

彼は丁寧に私を愛していく。いつもの強引な彼からは想像もできない程、優しく甘く。けれど刺激的に。

「渚、君は知らないだろうけれど」

隼人さんの呼吸も熱く荒い。

「んっ……何……」

視界はぼやけて、思考もままならない。感じるままの体で彼に愛を返すことしかできない。

「俺はずっと渚とこうなりたいと思ってたよ」

その言葉を聞いた瞬間、波のように彼の愛が押し寄せてきた。私は彼を抱きしめる腕に力を込めた。

「うれしい、好き」

そうつぶやいた私の唇を彼の唇がふさぐ。

お互いの境目がわからなくなるほど愛し合った私たちの始まりの夜は、空が白みはじめたころ——私が眠りにつくまで続いた。

何かが頬に触れて、目が覚める。ぼんやりとした視界がはっきりしてくるまでそう時間はかからなかった。目の前にいる隼人さんがまっすぐ自分を見ている。彼が私の頬を撫でているのに気が付いて恥ずかしさからとっさに布団の中に潜《もぐ》った。

「おはよう」

「え、あ。おはよう」

ただの挨拶を交わしただけだというのに、この恥ずかしさはどうしたことだろうか。

「おい、いつまでそうやって隠れているつもりだ？」

「それは、わからないけど」

だって自分でもどうしてこんなことをしているか理解できない。

「ふーん、だったらこっちから行くけど」

「えっ」

気が付いた時には、彼が私の隠れている布団の中に入ってきた。これでは布団をかぶっている意味がまったくない。それより余計に密室感が高まって恥ずかしさが増したような気がする。

けれど素早い動きの隼人さんから逃げられない。彼は私の背中に手を回しぎゅっと抱きしめた。そして額と額を合わせてじっと私の顔を見る。

「こんなことくらいで恥ずかしがっていてどうする？　これから毎日だぞ」

「毎日？　だって寝室は別でしょ？」

これまでマンションでは別々の部屋で休んでいた。

「それはこれまでの話だろ。食べてもなくならないって言ったのはお前だ」

「それは、その時の雰囲気で」

思い出すとまた恥ずかしくなる。ごにょごにょごまかす私を見て彼は意地悪く笑った。

「雰囲気でもなんでも、言ったことは守ってもらうから」

彼がそう言って私にキスをしそうになった時、彼のスマートフォンから着信音が聞こえた。

しかし彼はそれを無視して、私へのキスを続ける。

「んっ……ねぇ、出なくていいの？」

「静かに、それより俺に集中して」

彼はちょっと強引にキスを進める。けれど私はどうしても電話が気になって仕方ない。

「ねぇ、大丈夫なの？」

「矢島には今日は仕事しないって言ってある。親父たちは邪魔するわけないだろ。孫ができるの首を長くして待ってるんだから」

「ま、孫？」

驚いた私が起き上がろうとすると、彼が私の手をベッドに縫《ぬ》い付けた。

「だから、黙って」

彼が首筋に顔をうずめた瞬間、今度は部屋の電話が鳴りはじめた。

「チッ」

さすがにこれは緊急事態だと、隼人さんはベッドから出てガウンを羽織り隣の部屋に向かう。

私はその間にシャワーを浴びることにした。ガウンを羽織って外に出ると、隼人さんは窓に向かって電話をしている最中で、顔が見えない。

とりあえず先にシャワーを浴びてしまいたいと思った私は、特に気にすることなくバスルームに向かった。

鏡を見て私は自分の目を疑った。身体中に赤いあざのようなものが散らばっている。特に胸元なんかはいくつもあって、当分は職場で着替える時に気をつけないといけないと思う。

本来なら怒るところなのだろうけど、これも惚《ほ》れた弱みなのかうれしいと思ってしまう。このままだと色々思い出してしまいそうで、私は無心でシャワーを浴びた。ドライヤーまで済ませてガウンのまま部屋に向かう。すると部屋にはバターの甘い匂いが漂っていた。

「食べられそうか？」

「うん、実はお腹ペコペコで」

「まあ、あれだけのことしたら当たり前か」

昨日のことを思い出させるような言葉をわざと発する彼を軽くにらむ。椅子を引いてくれているので腰かけると、グラスにオレンジジュースを注いでくれた。

「電話は大丈夫だったの？」

「あぁ、渚にも後でまた話をする」

私にも関係のある話なんだ……いったいなんだろう。深く考えずに私は食事をはじめた。

「食べられるだけどうぞ」

目の前にはクロワッサンにオムレツ、フルーツやヨーグルトが並んでいる。隼人さんが席に着いたのを確認して食べはじめた。

お腹がすいていたのも手伝って、私は勢い良く食べはじめた。どれも美味しくてどんどんお腹の中に収まっていく。

でも彼の方が早くて私が食べるのをずっと見ている。

「なに、あんまり見ないで」

「別にいいだろ。会ってなかった分だ」

そんなこと言う人だった？　何を言っても裏目に出そうだからそのまま黙って食事をすることにした。

私が食べ終わるまで彼は飽きることなく私を見続けた。しかし私が食事を終えて手を合わせると、彼の表情が急に真剣なものに変わる。

「……どうかしたの？」

「ちゃんと話をしておかなきゃいけないことがある」

私は彼の言葉を聞いて姿勢を正した。たしかに昨日は話をせずに眠ってしまった。けれど聞いておきたいことや話しておきたいこともたくさんある。

姿勢を正した私に、彼はこれまで彼が思ったことや感じたことを伝えてくれた。

「俺がはじめて見た渚はまだ中学生だった。泥だらけだった猫とお前を今でも覚えている」

「その話おばあ様に教えてもらった」

「あの時の猫は、母が気に入って今もかわいがってる」

「え、会える？」

あの時の猫がまだ健在《けんざい》と聞いてうれしくなる。

「もちろんだが、俺が気にしてほしいところはそこじゃない。俺はそのころからお前を見ていたってことだ」

「あっ……」

「誰かさんはまったく気にも留めていなかったみたいだがな」

私は祖母のところに来客がある時は、顔を見せないようにしていたので、記憶に残っていなかったようだ。

「まあ、俺に興味がないところがお前のいいところだよな」

なんか褒められているかどうか、わからない。

「だから藤間との縁談話が出た時相手は君だと思っていた。だが実際は君の従姉妹。渚がいいと申し入れたけれど、断られた。一度は納得したけれど、諦めきれなかった俺は無理やりお前を婚約者にするために強引な手に出た」

「そんな。それじゃ、隼人さんは最初から私のことを好きだったってこと？　そんなはずない――」

「それがあるんだ。いや正確にはどうしても渚じゃないとダメだと思ったのはパーティだった。あの時俺はお前と結婚したいと思ったんだ。神様なんて信じてない俺が、その時ばかりは神に感謝した」

「そんな」

まさか彼に思われていたなんて、気が付かなかった。

「でも最初に脅《おど》すようにして、結婚の話を進めたから、自分の気持ちをなかなか言い出せなかった。渚の気持ちがこちらに完全に向いてからにしようと、婚姻届けを出す時期を先延ばしにしたんだ」

「何も知らなかった。だから私には藤間の家の娘という価値しかないんだって悩んでたの」

「それは完全に俺のせいだ。すまない」

テーブルの上に置いてあった私の手に彼が手を重ねた。

「それは私も鈍かったし……痛いっ」

一瞬だけど痛いほど手を握られた。先ほどまでの甘い雰囲気が急に霧散する。

「次はお前の番だ。ほら、吐け」

「な。何を？」

手はすぐに緩められたけれど、解放してはくれない。

「あの忍田というやつ、本当にただの上司なのか？」

「それはっ！」

しまった。動揺してしまったせいで、彼との間に何かあったのだとばれてしまう。

結局私は、彼に告白されたもののちゃんと断ったと白状《はくじょう》させられた。

「なるほどな」

言葉としては納得したようだが、表情は険しいままだ。しかし告白されたのはハプニングみたいなもので、私にはどうすることもできなかった。

「ほら、ちゃんと断ったし。それに私のことを言うなら――」

私はここまで来て彼女の名前を出すのをためらった。

「俺がなんだって言うんだ」

この状況で何も言わないわけにはいかない。私は意を決して口を開く。

「由利さんのことはどうなの？」

「由利？　ああ非常階段でのことか」

「それだけじゃなくて、彼女に対して特別な気持ちはないのかなって」

隼人さんが私のことを大切にしてくれている気持ちは十分理解している。だからこそ、黙って彼女と会っていたことや、昨日のパーティに彼女を招待した理由をもう一度きちんと説明してもらいたい。

「たしかに昔なじみではあるが、それだけだ。もしかして俺が女性と会ってるって疑っていた相手は由利か？」

私が頷くと隼人さんは首を振った。

「どうしてそうなる。たしかに渚には言わなかったが、そんな必要ないと思ったからだ。

そもそもあの日は由利に会う前に仕事がらみの人にも会っている。俺にとってはそっちがメインだったから、わざわざ言わなかった。そもそも由利は俺にとって女性ではない。妹みたいなものだからな。昨日彼女を招待したのも、あの会場にいる音楽関係者を紹介するため。お前が悲しむような事実は何もない」

そういうことだったのか。ただこれは隼人さん側の言い分で、由利さんには別の思《おも》惑《わく》もあったのではないかと思う。そうでなければ昨日の非常階段での彼女の行動の説明がつかない。

「わかった。隼人さんがそう言うなら、それを信じる」

「なんだ、何かまだひっかかるのか。由利のことはちゃんと渚にも話をしておくべきだったたな。まさかお前がそんな不安な思いをするなんて思っていなかった。すまない」

「いいえ、私もちゃんと聞けばよかった。私たち言葉が足りていなかったんだね」

最初から素直に気持ちを伝え合っていれば、今回のようなすれ違いにはならなかったはずだ。それはお互い反省すべき点だ。

「あ、そうだ。午後、下のラウンジに由利が来る。お前に会いたいんだって。さっきの電話の相手は由利だ」

「えっ」

いきなりのことで驚いた。何を言われるのか想像すると怖気《おじけ》づきそうになる。

そんな私の変化に隼人さんはすぐに気が付いた。

「昨日のこともあるしお互いわだかまりを解消した方がいいと思って話を受けたが、嫌なら断ってもいいぞ」

「ううん。ちょっと私も聞きたいことがあるから」

きっと由利さんには由利さんの思っていることがあるのだろう。私も逃げずに彼女の話を聞こうと思う。そのうえで自分の気持ちを彼女に伝えたい。

「ところで、由利が俺と会うってことで気分を害したんだよな、渚は」

「え、うん、そうだけど」

正確に言えば由利さんの思わせぶりなセリフに動揺してしまったというのが一番の理由なのだけれど。

「それはいわゆる、やきもちだろ？」

「あ、え、うん。まぁ、そうなるのかな」

いや間違いなくそうなのだけれど、本人を目の前にそれを認めてしまうのには抵抗がある。

「いや、間違いなくそうだろ。そうだよな」

念を押す彼の顔がうれしそうなのはけっして気のせいではない。そんな彼がかわいくて結局認めてしまう。

「やきもちだよ」

言い切った私の手を隼人さんがぎゅっと握った。彼の顔が近づいてきて、私の唇を奪う。目を見開き驚いた私の顔を見て彼がにやっと笑う。自分の頬が赤くなっていくのがわかる。

「その顔が見たかった」

もう一度キスをしようとする隼人さん。文句のひとつも言いたいけれど、それを受け入れてしまう私にはその資格はない。

結局彼のいたずらに邪魔されながらした身支度《みじたく》は、恐ろしく時間がかかってしまった。


午後二時のホテルのラウンジ。隼人さんが用意してくれたワンピースに身を包み、私が時間より少し早く着いた時には、すでに由利さんは席に着いて待っていた。

先を歩く隼人さんが、由利さんの前に立つ。

「待たせた」

「大丈夫よ、無理を言ったのは私だし。でも隼人くんは席に着くの遠慮してほしいの」

「いや、それはダメだ」

先ほど話をした中で、私が由利さんを良く思っていないのを知っているからひとりにさせたくないようだ。けれど私も今日は彼女とふたりだけで話をした方がいいと思う。

「隼人さん、ふたりにしてほしいの」

「だが、渚――」

「いいの。大丈夫だから」

彼の顔を見て力強く頷いた。すると隼人さんは渋々という様子で離れた席に座った。

私たちの様子をそこから見るつもりらしい。

私は彼が座ったのを確認して、しっかりと由利さんに向かい合った。すると彼女も静かに私の方を見た。

「今日は急に呼び出してごめんなさい」

「いえ。私もいつかはお話したいと思っていました。最近英会話にも行けてなかったので、今日お会いできて良かったです」

逃げて悶々《もんもん》とするよりもきちんと話をした方がいい。

私がはっきりと言い切ると、由利さんはなぜだかにっこりと笑った。不思議に思い首をかしげると彼女は少し目を伏せた。

「そういうはっきりとしているところが、きっと隼人くんの気持ちを掴んだのね」

「それは……彼に聞かないとわからないですけど。でも大切な人にはうそをつきたくないと思っています」

まだ始まったばかりの私たち。きっとこれからも色々なことがあるに違いない。だからこそお互いの気持ちを素直に伝えて、歩み寄る努力を大切にしたいと思った。

「不躾な質問なんですけど、由利さんは隼人さんのことをどう思っているんですか？」

意を決して一番気になっていることを聞いた。彼女の返事を聞くのが怖くてテーブルの下でこぶしをぎゅっと握り覚悟する。

「好きよ」

あ、やっぱり。想像していたとはいえ、衝撃が走る。自分の顔がこわばったのがわかる。

「でもきっと私の好きは、純粋な好きとは違うと思うの」

「どういうことですか？」

彼女が隼人さんに関してどう思っているのか詳しく知りたい。

「私、隼人くんがあなたと一緒にいる姿を見てうらやましかったの。もし昔のまま私が深川の家に出入りして彼と交流があったら、彼の隣にいるのはあなたじゃなくて私だったんじゃないかって思ってしまって」

私も考えたことがある。本来ならば私が彼の隣にいることはなかったと。だから彼女の気持ちがまったくわからないわけじゃない。

「だから彼と会う前に意地悪なメッセージを送ったりして、本当にごめんなさい」

「それは、鈍い私でも気が付きました」

彼女はばつが悪そうに目の前の紅茶を一口飲んだ。

「でもね、彼と会って私は彼に選ばれることはないんだなって思ったの。だって彼ったらあなたの話しかしないのよ。私に英会話スクールでのあなたの様子を聞いてきたりして」

「そうなんですか……」

それはそれでうれしいけれど、恥ずかしい。

「昨日はね、私を音楽関係者に紹介するためにあの場に呼んでくれたの。小さいころの私を知っているから今の状況を見て放っておけなかったんだと思う。でも彼が私に抱く感情はそこまで。きっと他の人でも自分が信頼している人なら、同じように手を差し伸べたはず」

たしかに彼はそういう人だ。自分の認めた人物には全力でサポートする。

「私はそれを最低の行為で裏切ってしまったけどね。あの非常階段でのことは、本当に申し訳ないと思ってる。自分でも情けない、ごめんなさい」

彼女は私に深く頭を下げた。その姿から後悔と反省が伝わってきた。

「あの、ちゃんとお話をしてくださってありがとうございました」

すぐに許せるわけではないけれど、彼女のことを思うと責めることもできなかった。

複雑な思いだが自分のためにもこれ以上は引きずりたくない。

「きっと隼人さんはあなたの活躍を信じていると思います。頑張ってください」

私はそれだけ言うと立ち上がり隼人さんの方に向かう。すると由利さんが立ち上がり私を呼び止めた。

「あの、どうかお幸せに」

ニコッと笑った彼女に私も笑い返した。

「ありがとう」

隼人さんが私の方へ歩いてくる。

「ちゃんと話できたか？」

「うん。もう大丈夫だから」

彼は話を聞きたそうにしていたが、私は何も言わなかった。そうすることでいつか由利さんがピアノで活躍した時に手放しでおめでとうと言える気がするからだ。

ホテルのロビーに出た私は、できるだけ明るく隼人さんに声をかけた。

「じゃあ、家に帰ろう」

久しぶりのマンションへの帰宅だ。途中でビジネスホテルに立ち寄って清算もしなくてはいけない。

「でも、その前に行きたい場所がある。いいか？」

「え、うん」

私は隼人さんに手を引かれて歩き出した。行先を告げられずに連れ回されることも多かったので、特にどこに行くか聞かずにいた私は、到着した場所に驚いた。

「区役所？」

「そうだ。これ提出しようと思って。ちょうど大安吉日《たいあんきちじつ》だからな」

「え、え、ちょっと待って」

どんどん先に歩いていく隼人さんを急いで追いかける。

「待ってって。これは仕事とかの時期をみて出すって言ってたでしょ？　いいの？」

お互いに家同士が大きな組織なので双方のタイミングをみるという話だったはずだ。

「いやそれは建前《たてまえ》な。昨日も言ったけど本当はちゃんと渚が俺のことを好きになってから出そうと思ってた」

「え、だって。それってもし私が隼人さんのこと好きにならなかったらどうするつもりだったの？」

「その可能性は考えなかった」

自信満々のセリフに一瞬言葉を失った。どれだけ自信があったの？

「呆れた、まあその通りになっちゃったけど」

彼は私の言葉に満足そうに微笑むと私の手をぎゅっと握った。

「だってこの俺が全力で好きになったんだぞ、落ちないはずないだろ」

彼の言葉に顔に熱が集まってくる。鏡を見なくても耳まで赤くなっているのがわかった。そして私はその赤い顔のまま、彼と一緒に届けを出した。


梅雨の合間の信じられないくらいまぶしい晴れの日。

私は藤間渚から、深川渚となった。


それからは本当にあわただしい日々が続いた。

実家に戻るために隼人さんと結婚したいと言っていた理華だったが、それはどうやら伯父たちの提案ではなく、本人が勝手に言い出したことだったようだ。

今度こそ、彼女に甘い伯父夫婦も堪忍袋の緒が切れたらしい。

観光業を学ぶために都内にある専門学校に彼女を通わせることにして、卒業するまで帰ってくるなと言い切った。泣く泣く学校に通い出した理華だったが、どうやら勉強をしてみると彼女に合っていたらしく今は藤間リゾートが経営するホテルでアルバイトもはじめたらしい。

人間変われば変わるものだと、みんな驚いている。

由利さんは、彼女の演奏を気に入ったスポンサーが海外留学の手助けをしてくれることになったと本人から連絡があった。後数年すれば、彼女の演奏を世界中の人が耳にするのではないかと思う。

皆が皆、新しい道を歩きはじめた。それは私も例外ではない。

私は今日、隼人さんと出会ったあの船に乗っていた。

着替えをしたあの部屋で、私はエメラルドグリーンではなく純白のウエディングドレスを身に着けている。

窓の外にきらめく海。あの日もここから海を眺めて緊張を和らげた。

ノックの音が響き返事をすると、菊田さんとオーナーが顔を見せた。

「わぁぁあああ！　もうかわいい、素敵、最高！」

興奮気味の菊田さんは私を立たせると、あちこちから眺めて賞賛《しょうさん》の言葉を浴びせてくれた。

一緒に来ていたオーナーが若干ひいている。

「おめでとう。なんか娘が嫁ぐような気持ちだ」

「オーナーってば、藤間ちゃんのことかわいがってたもんね。私も同じ気持ちなんだけど」

私はふたりの温かい言葉に胸がいっぱいになる。就職してコーヒーが好きという以外まったく長所らしいものがなかった私を育ててくれたふたりだ。こんなふうに言ってもらえて本当にうれしい。

「仕事、本当に続けるの？」

「はい、アルバイトとしてですけど、せっかくだから続けた方がいいって。彼が」

妻や、深川の嫁ではなく、ただの私としている場所が必要だろうと隼人さんが配慮《はいりょ》してくれたのだ。

「もう、本当に幸せそうなんだから。ブーケは絶対私にちょうだいね！」

菊田さんは興奮して肘で私をつつきながらそう言うと、化粧室に行くと言って先に控室を出て行った。

残されたオーナーに、私は頭を下げる。

「これまで本当にお世話になりました。そしてこれからもよろしくお願いします」

仕事でもプライベートでもつらい時はいつも話を聞いてくれて寄り添ってくれた。

オーナーは私を妹だって言ったけれど、私も彼のことを兄のように慕っている。

「ああ、いつだってちゃんと味方でいてやるから、幸せになれよ」

その言葉に涙腺が緩む。

「ほら、泣かない。化粧が崩れるぞ。それに、アイツのことが嫌になったらいつでも僕のところに来てくれていいから」

するとふたりの会話を遮る声が部屋に響いた。

「それはない、そして妻から離れろ」

いきなり部屋に入ってきた隼人さんが、私とオーナーの間に割って入った。

「おいおい、余裕がない旦那だな」

「なに？　妻を害虫から守るのも夫の務めだろ」

にらみ合うふたりの間に火花が見えた気がした。

「もう、今日くらい仲良くしてください！」

呆れた私が声を上げるとふたりは同時にそっぽを向いた。これだけ見ていると気が合うような気がするのは私の思い違いだろうか。

オーナーが私を振り向いた。

「じゃあ会場で待っているから。このたびはおふたりともおめでとうございます」

頭を下げたオーナーが出ていくと、部屋にはふたりっきりになる。

「隼人さん、時間よりもずいぶん早い気がするんですけど、何かあったんですか？」

「ああ、そうだ。ちょっと来てくれ」

彼に連れられて部屋を出て廊下を歩く。そこは最初の船上パーティの時、ピアノ演奏が終わった後、他のお客さんの目を盗んでふたりで来たデッキだった。

「懐かしいね。もうなんだかずいぶん昔のような気がする」

「そうか、あっという間だった気がするけど」

そう言いながら彼が私の両手を握りお互い向かい合う。優しい瞳に見つめられるといまだにドキドキして胸がときめいてしまう。

「渚、ご両親はたしか、海が好きだったと聞いたが」

「うん。だから私の名前も渚なの。でもそれがどうかした？」

両親とは別れるのは早かったけれど、ふたりは私をたくさん愛してくれた。きっと今日もふたりして私の姿を見て喜んでくれているに違いない。

彼が真剣な目で私を見つめた。

「天国にいる渚のお父さんとお母さんに誓う、君と一生笑い合って生きていく努力をし続けることを」

「隼人……さん？」

「だから渚は、いつも俺の隣で笑っていてくれ。それが俺の一番の力になる」

彼のまっすぐな視線と言葉に胸が痛いくらい締め付けられる。

「私、こんなに幸せでいいのかな」

思わず涙で目が潤《うる》む。

「何言ってるんだ。渚はこれからもっともっと幸せになるんだぞ」

彼の笑顔を見て、きっとその通りになるのだと予感する。

「隼人さん、私を見つけてくれてありがとう」

「渚こそ、俺のために笑ってくれてありがとう。ふたりで世界一幸せになろうな」

彼が私の手を引きよせて、唇が重なる。

私と彼は一足先にふたりで、キラキラ輝く海とさわやかな潮風に永遠の愛を誓った。

番外編

久しぶりだな、こんなにドキドキするの。

私は港に停泊した旅客船のデッキでスーツケースをゴロゴロと引きながら歩いていた。もちろんこの豪華客船の所有者は深川商船。スーツケースの中は旅行の荷物が入っているわけではない。ここには今日着る着替えが入っている。

私は深川商船主催の船上パーティにバリスタとして呼ばれたのだ。正確に言えばカフェサルメントのオーナー宛てに依頼があり、私と菊田さん、それにオーナーの三人がお客様にコーヒーをふるまうことになっている。

会議や催し物にコーヒーをデリバリーすることはよくあることだ。しかしこんな大きな船での大規模なパーティに、出張でサービスするのは初めてのことだった。

私と菊田さんは少し緊張していて、そわそわしている。一方オーナーはさすが経営者なだけあってこういう場には慣れているのか堂々としていた。

私が以前参加したパーティと同じくらいの規模のようだ。きらびやかなシャンデリア。フロアはフカフカの絨毯。置かれている家具や使われている食器なども最高級のものだ。そんな中をスタッフがいたるところでせわしなく動き回っている。

隼人さんと結婚してこういう場に出る機会があったけれど、いまだに慣れない。今日は仕事だと思うと別の緊張感も襲ってくる。

パーティが始まるまで一時間半くらい。それまでにお客様にコーヒーが出せるように準備しないといけない。

従来《じゅうらい》パーティでの飲み物はアルコールが主流であるが、最近では飲酒しない人も多く、そういった人たちに向けて少しでも美味しいコーヒーを提供するのが私たちの今日の重大な使命だ。

「なんだかこんな立派なパーティでコーヒーをふるまうなんて緊張しちゃう」

普段とは違う仕事の内容に菊田さんは体ががちがちだ。ぴょんぴょん跳ねたり、手をぶらぶらさせたりしてリラックスしようとしている。

いつものサルメントの制服は白いシャツに黒いエプロンだ。しかし今日は蝶ネクタイに黒のベスト、それにバリスタエプロン。服装が違うだけで背筋が伸びるようだ。

気持ちの良い緊張感が私のやる気を掻き立てた。

目の前にあるエスプレッソマシンやハンドドリップ用の道具。すべてサルメントで普段から使っているものを用意してくれていた。

「本当に全部そろえてくれるなんてさすがね」

菊田さんは感心したようにマシンを点検しながらつぶやく。

隼人さんの計らいで私たちが少しでも仕事がしやすいようにしてくれた。彼の気遣いがうれしい。まるで応援されているような気がするのは大袈裟だろうか。

オーケストラの音合わせをしている中で準備を進めていく。

「全部最新のものなんてすごいわ。ねえ、藤間ちゃんも普段から欲しいものなんでも買ってもらってる？」

結婚をしたものの、仕事中は慣れ親しんだ藤間のままで続けている。

「え、私？　全然そんなことないですよ」

唐突な質問に驚いたが事実を伝えた。

「うそ！　だって買ってもらいたい放題《ほうだい》じゃない？」

「自分の欲しいものは自分で買えるから」

結婚をして正社員からアルバイトになったけれど、給料は十分いただいている。

マシンやカップ、豆などの最終確認をしていると後ろから声をかけられた。

「渚、君は本当に無欲すぎる」

振り向くとそこには隼人さんが立っていた。パーティの主催者の彼はいつも以上にびしっと決めていて、自分の夫ながら思わず見とれてしまう。彼が出張で一週間不在だったので、久しぶりに会ったから余計にそう感じるのかもしれない。

「渚、調子はどうだ？」

「うん、順調よ」

場所が変わっても手際が良い菊田さんのおかげで準備は終わっている。

「こんにちは。菊田さん、今日はよろしくお願いします」

隼人さんはよそいきの顔で菊田さんに挨拶をする。彼が浮かべる笑顔に菊田さんが釘付けになっている。あれだけかっこよかったら仕方ない。

私だってまだ見慣れないもの。

私が家で見る彼とは違っている。スーツ姿はいつも見ているけれど、今、目の前にいる彼はなんというかまとう雰囲気が違うのだ。いつも自宅で見る彼よりも、すごく紳士《しんし》的に見える。その変わりようには思わず「ずるい」と言ってしまいそうになるくらいだ。

いつもは結構俺様なのに、菊田さんは完全に騙《だま》されている。

「あの、精いっぱい頑張ります！」

菊田さんは少し顔を赤くして早口でまくし立てていた。

「いつも通りで大丈夫ですよ。渚から常々《つねづね》菊田さんのお話は聞いているので、期待しています」

「はい。何の話をされたのか気になりますけど、うれしいです」

そんなふたりのやり取りを見ていると彼がこちらを向いた。

「少し渚を借りたいんですが、大丈夫ですか？」

「はい、どーぞ。どーぞ。もう準備も終わっているので」

菊田さんは私の背中を押して隼人さんに押し付けるように差し出した。

「ありがとう」

にっこりと笑った彼の顔に彼女は完全に見とれてしまっている。キラースマイルってこういうのを言うのね。変に納得した私は、隼人さんに連れられて会場を離れた。

「どこに行くの？」

デッキを歩いて連れてこられたのは客室だ。どうやら彼がここにいる間、拠点にしているらしい。見慣れたバッグやノートパソコンが置いてある。おそらくこの船の中でも一番広い部屋。ホテルのスイートルームと変わらないほど豪華な造りになっている。

後から部屋に入った隼人さんが後手に扉を閉めた途端、私の手を引っ張った。そして抱きしめられて彼に唇を奪われる。

驚いた私が彼の胸を押すと、離れるかと思いきや逆に強く抱きしめられてしまった。

しかしここでされるがままになるわけにはいかない。

私がもう一度、今度は強い力で彼の胸を押すと今度はすんなりと離れてくれた。

「もう！　私仕事中なのに」

「久々に会ったんだから仕方ない。それに普段は仕事中の渚にこういうことできないんだから」

「当たり前でしょ？」

「本当に杓子定規《しゃくしじょうぎ》な性格だな」

「なんとでも言って！　もう」

私が怒っているのになぜか隼人さんはニコニコ笑っている。

「別に失敗したって、俺の奥さんなんだから、どうとでもなるだろ」

その言葉に私はカチンときてしまった。

「そんないい加減なことできない。だって私は今日、深川渚じゃなくて、サルメントの藤間渚としてここにいるんだから」

隼人さんのパートナーとしてではない。今回、私はスタッフとしてこの船に乗っているんだ。仕事ではまだ旧姓《きゅうせい》を名乗っている。そうすることできっちり気持ちが切り替えられるからだ。

「渚は渚だろ？　何を言ってるんだ？」

どうもこの話は平行線をたどりそうだ。

「今日の私のボスは忍田さんです。もちろん依頼主である深川商船の要望には応えるけど、隼人さんの個人的なお相手はできかねます。よろしいですか？」

わざと敬語を使うとやっと私の態度に気が付いたようだ。

「ああ、わかったよ。俺は依頼主、渚は外注先のスタッフ。それでいいんだな？」

「もちろんです。では、失礼します。深川社長」

私は絵に描いたような慇懃無礼《いんぎんぶれい》な態度をとって、豪華な客室から出た。きっと隼人さんには私の気持ちはきちんと伝わっていないのだろう。

結婚してアルバイトという立場になったけれど、私は仕事が好きだったし、そこにいる仲間も、そこで働いている自分も好きだった。私にとってサルメントでバリスタとして働き対価として報酬《ほうしゅう》を得ることは生きていくうえで大切なこと。

結婚した時に仕事を続けていいと言ってくれたこと、うれしかったのにな。

理解してくれていると思っていた分、悲しい気持ちでいっぱいになった。

私は会場に戻る前に深呼吸をして、笑顔を張り付けて持ち場に戻る。隼人さんに啖《たん》呵《か》を切った手前、ミスなくお客様に満足してもらわなくてはならない。

私はいつもの数倍の気合を入れて、カウンターの中に入った。

もうすぐパーティが始まる。


コーヒーのカウンターは思ったよりも盛況で、私たちはひっきりなしにやってくるお客様に忙しく対応していた。パーティでこういう本格的なカウンターを設けることはそう多くはないようだが、アルコールが飲めない人やパーティの後、運転したい人などにはもってこいだったようで、オーナーは営業に余念《よねん》がない。

「オーナーってば抜け目がないわね」

「ははは。まあ経営者ってそういうものなんじゃないんですか？」

そういった意味でも、今日、サルメントがこの仕事を受けたのは成功だと言える。

「私たちが失敗したら、営業が台無しになっちゃう。頑張りましょうね」

私の言葉に菊田さんが頷いた。

「そうだね。あ、何を召し上がりますか？」

菊田さんが接客をしている横で、私はコーヒーの準備をはじめた。やっと人の波がひいてきた。菊田さんと交代で化粧直しをすることにした。レストルームから戻る時に知った顔を見つけて、私は自分がバリスタの制服を着ていることも忘れて駆け寄った。

「あの、私のこと覚えてらっしゃいますか？」

そのお年を召した女性は、私と隼人さんが出会ったパーティで化粧室にいた東央銀行の頭取夫人だ。

「藤間さん？」

女性は不思議そうに私のネームプレートを見て記憶をたどっている。無理もないことだ。お会いしたのは一度きり、しかもあの時は完璧にドレスアップしていたし名前も名乗っていない。

「あの……藤間は旧姓で、今は深川といいます」

「あ！　もしかしてあの見事にピアノを弾いたお嬢さんね」

どうやら思い出してくださったようだ。私は「そうです！」と思わず手を取った。

「あの時奥様が隼人さんに事情を説明してくれていたおかげで誤解されずにすみました。お礼が言えずにいたことが心残りだったんです」

「いえいえ、あの時助けてくださったのは、あなたの方じゃない。よかったわ、ご結婚おめでとう」

そう言われてさっき喧嘩《けんか》したばかりだとは言いづらく、私は苦笑いを浮かべて「ありがとうございます」とお礼を言った。

「でも今日はどうして、そんな格好を？」

そういわれても無理もない。私はこのパーティの主催者の深川隼人の妻である。それなのに完全に格好がスタッフなのだから、疑問を持つのは当たり前だ。

「実は、私は普段、バリスタとして働いていて、今日はお仕事を受けてここでコーヒーをふるまっているんです。あの、よかったらお持ちしましょうか？」

「あら、いいわね。私コーヒー大好きなの。足の調子もいまいちだし、ずっとここにいるつもりですから、ゆっくりでいいからね」

「では、少しお時間いただきますが、とびきりのをお持ちしますね」

私は夫人を待たせて、カフェカウンターに戻った。パーティの時に化粧室で女性たちと言い争いになった際、私が悪いと疑われても仕方がなかった。けれど夫人のおかげで私のことを隼人さんは全面的に信用してくれた。

言葉でお礼を告げたが、せっかくなので私の淹れたコーヒーを飲んでもらいたい。

わくわくした気持ちでパーティ会場に戻った。

カウンターでは菊田さんが立っていた。どうやら今のところ人の波はひいているようで安心した。

「菊田さん、私コーヒーをお届けしたい方がいるので、準備したらもう一度ここを離れていいですか?」

「大丈夫だよ〜」

快くOKしてもらえた私は早速コーヒーを淹れはじめた。

あまり待たせては悪いと思い、手際良く進める。ところがそこにひとりの男性客がやってきて「おい」と声をかけられた。

「はい」

顔を上げるとカウンター越しでもわかるほどアルコールの匂いがプンプンしている。どうやらものすごく酔っているようだ。

「お前、早くコーヒーよこせ」

「かしこまりました。今から準備いたしますので——」

「はぁ? 俺は今すぐ出せと言っている! なぜすぐに出せない?」

今回は美味しいコーヒーをふるまうのが目的で、作り置きは一切していない。

「ご注文をお受けしてから、ご準備させていただきますので——」

「うるさい！　馬鹿にしているのかっ!?」

私の言葉を遮るように、男性は大声をあげた。さすがに周囲の人達も何事かとこちらをちらちら見ている。

事態を見ていた菊田さんが横から助け船を出してくれる。

「お客様、こちらで私がお話を伺います」

私が急いでコーヒーを届けたいと言っていたので、接客を交代してくれるようだ。

「関係ないやつは、引っ込んでいろ。俺は彼女に話をしているんだ！」

「今は私が責任者ですので、それに周りのお客様も驚かれていますから」

菊田さんにそう言われると男性はその時はじめてかなりの注目を浴びていることに気が付いたようだった。

途端に顔を真っ赤にして、持っていたグラスを勢い良くカウンターに置くと「どけ！」と叫んで人の波を押しのけるようにしていなくなった。周囲にいた人たちの表情も不快そうだ。

どうしよう、なぜこんなことになってしまったの？

自分の接客に落ち度があったのかもしれないが、今は事態を収めなければならない。

深川商船のパーティ。さっき隼人さんにこの仕事が好きで誇りを持っていると言った。だからこそ失敗しないで、仕事ができる姿を見せたいと思っていたのに、こんな騒ぎを起こしてしまった。

騒ぎを聞きつけたオーナーがやって来て、周囲のお客様の対応をしている。

「ふたりは通常の接客に戻って」

「はい」

菊田さんと私はカウンターの中に戻った。

「あんなの酔っ払いのいちゃもんよ。気にすることないわ」

「はい、でも騒ぎを起こしてすみませんでした」

「そんな顔しない。それよりも藤間ちゃん、どこかにコーヒーお届けするって言ってなかったっけ？　急がなきゃ待ってるんじゃないの？」

「はい、すみません。すぐに戻ってきますから」

私はサイフォンでコーヒーを淹れはじめた。急いでいるけれど、心を込めて丁寧に。いつものように作業をしていると幾分、気持が落ち着いた。淹れたてのコーヒーをトレイに乗せると、私は夫人が待つ休憩室に向かう。

ずいぶん待たせてしまったが、夫人は周囲を見渡しながら同じ場所で座っていた。

「すみません、遅くなってしまって」

「あら、いいのよ。どうせずっとここにいるつもりだから。主人がどうしても一緒にって言うから出席するけれど、年を取ると疲れやすいから大変なの」

肩をすくめて笑いながら言う姿が、お年を召していてもチャーミングだ。

「こちら、どうぞ」

カップを手渡すと、女性はまず息を大きく吸った。

「あら、いい香りだわ。いただきます」

夫人が一口飲んだ。私はその姿をじっと見つめる。

「とっても美味しいわ」

夫人の顔がパッと明るく笑う。その顔を見てほっとした。

「お待たせしたうえにお口に合わなければ申し訳ないって思っていたんです」

「あら、そんな心配ご無用よ。本当に美味しい。今度お店にも行きたいわ。名刺を頂戴《ちょうだい》してもよろしいかしら？」

「え！　本当ですか!?」

私はうれしくて、いそいそと名刺を取り出して手渡した。

「ぜひいらしてくださいね」

「もちろんよ。人生の楽しみが増えたわ」

夫人の言葉に胸がいっぱいになる。仕事をしていると、うまくいかない時もたくさんある。けれどこうやって認めてもらえることだってあるのだ。

頑張らなきゃ。間もなくパーティが終了する。それまでは満足のいく仕事をしたい。

「では私、ここで失礼しますね。お店でお待ちしています」

「またね。頑張って」

夫人に挨拶を済ませると私はカフェカウンターに急いで戻ろうと振り向いた。

「あっ」

そこにいる人物を見て私は思わず足を止めた。

先ほどの男性が私の前に立ちはだかっていたのだ。一瞬で体がこわばった。しかしここでこうしているわけにもいかず、私は会釈をすると彼の横をすり抜けようとした。

その瞬間、ぐいっと腕を掴まれた。

「痛いっ、えっ？」

すると男性は手にしていた赤ワインを私の顔に掛けたのだ。

一瞬何が起こったのかわからなかった。しかしアルコールの匂いと滴る《したたる》赤い液体を見て彼の行為を認識した。

茫然とその場に立ち尽くし相手を見る。すると向こうはにやっと笑った。

「すまない手が滑った。申し訳ないねぇ」

ニヤニヤと笑い続ける。その態度から明らかにわざとだということがうかがい知れた。

悔しい。でもここで大騒ぎするわけにはいかない。さっきの騒動だってオーナーや菊田さん、それに会場にいた他のスタッフのおかげでなんとかおさまったのに。

「あの、失礼します」

逃げ出すのが精いっぱいだった。しかし――。

「おい、俺はまだ話の途中だぞ」

グイッと肩を掴まれて強引に振り向かされた。

痛いっ。強く掴まれた肩に痛みが走る。しかし相手はお客様だ。私の態度を見てまた怒りを増幅させてしまってはいけないと思い痛みをこらえる。

「大変失礼しました」

振り向くと男性は私に鋭い視線を向けていた。

「まったく接客がなっていない。わたしは客だぞ、わかっているのかっ！」

鼓膜《こまく》をつんざくような怒鳴り声に思わず体が震える。

「申し訳ございません」

頭を下げて震える声で謝罪するしかできない。

情けない。隼人さんにはあんなにカッコつけたのに、接客さえ満足にできないなんて。

ふがいなさに泣き出しそうになる。思わずうつむいて自分のつま先を見つめていると「どうかなさいましたか？」という男性の声が聞こえた。

一番見られたくない相手、隼人さんだ。

「うちのスタッフに何か問題でも？」

彼は目の前の男性から私をかばうようにして立った。そしてそのまま話を続ける。

「君は、深川商船の!?」

「左様にございます。このたびは何かスタッフに落ち度がありましたでしょうか」

最初は隼人さんの登場に驚いた様子を見せていた男性の態度が一変する。私に見せていた態度とは明らかに違う。

「いやぁ、あの、こちらは別に。わたしは何も」

おどおどした態度。一気に酔いがさめたように見える。さきほどまで紅潮《こうちょう》していた顔が青ざめていく。

「いや、このスタッフが無礼《ぶれい》な態度をだな」

「具体的にはどういったことがありましたでしょうか？」

隼人さんの態度にタジタジだ。

「具体的って……と、とにかく彼女は最低なスタッフだ」

最低なスタッフ。

仕事をしているうえで、最も厳しい言葉だ。私は悔しさで思わず涙をにじませた。しかしここで泣くわけにはいかない。私の中の仕事に対するプライドで涙を必死にこらえた。

「このたびはご迷惑をおかけしました」

私はサルメントのスタッフとして頭を下げた。どのような形であっても騒動を起こしてしまったことは事実だ。理不尽《りふじん》だとは思うけれど頭を下げることが大切なこともある。

私が謝罪すると男性は「わかればいいんだ」と言い残してその場を去っていく。これ以上隼人さんに詳細《しょうさい》を聞かれては、都合が悪いと思ったのだろう。向こうも自分が無理な要求をしていたという自覚はあるみたいだ。

残された私は顔を上げることさえできない。

「渚、顔を上げてごらん」

さっきの男性に向けていた冷たい声とは違い、私の名を呼ぶ声はいたわるように優しい。

それを聞いてしまった私の我慢していた涙が、思わずあふれ出しそうになる。

こんな時にそんなに優しくしないで欲しい。

社会人として仕事のミスで泣くことはできれば避けたい。それなのに優しい隼人さんに甘えてしまいたくなる。

「渚、今の俺は深川商船の社長じゃなくて、君の夫だ。だからほら、顔を見せて」

君の夫だ。その言葉に私は我慢ができなくなった。

彼の手がゆっくり私の顔を上向かせる。すぐに彼の優しい目にとらえられる。その瞬間に私の瞳から涙が零れ落ちた。

「……っ、ごめんなさい。泣くつもりなんてなかったのに」

泣き出した私の頬を彼が優しく包む。そして親指で流れる涙をゆっくりと拭ってくれる。

「悔しかったよな。よく頑張った」

「でも、お客様を不快にさせてしまった」

「それは渚が原因じゃない。あの酔っ払いが悪い。お前は精いっぱい頑張った」

仕事なんだから甘えてはいけないと思う気持ちと、彼の優しさに素直に頼ってしまいたいという気持ちが交じり合う。

「私、今日は完璧な仕事をして、隼人さんに見てもらいたかったの」

「……ああ、わかってる。だからこそ、悔しいんだろう」

彼の言葉に頷く。

「俺も悔しい。だから、黙ったままにしておくつもりはない」

「え？」

彼の言葉に驚いて声を上げる。

「そんな大きな問題にしないでください」

向こうからすればただのスタッフ。それなのに私が彼の妻だからという理由で大問題に発展するなんてこと、あってはならない。

「別に大きな問題にするつもりはない。ただあの男のスタッフに対する態度が気に入らないから、ちょっとお灸《きゅう》をすえてやるだけだ」

にやっと笑った隼人さん。この何か企んでいる彼の顔を見て私の涙は完全に引っ込んだ。

「渚、お前も手伝ってくれ」

「え、待って。私まだ仕事が残っているから」

カウンターでの注文は比較的落ち着いていた。しかし片付けなど終わってからの仕事もたくさんある。

「忍田社長に頼んである。今日はアイツにとってもいいビジネスチャンスになったはずだから、最後くらい俺たちの役に立ってくれるだろう」

「そんな、ダメだよ」

「いいから。ほら時間がない。まずは着替えだ」

背後に回った隼人さんが私の背中を強引に押す。そして彼の使っている部屋に放り込まれるとすぐにシャワーを浴びるように言われ、その後はあれよあれよという間に着替えさせられた。

……でもなんで、これなの？

疑問に思ったところで、隼人さんが手配した衣装スタッフの手にかかってしまった私は一切の拒否を許されずに、着せ替え人形のごとくあっという間に、バリスタの藤間渚から、深川商船社長夫人である深川渚に変身していた。

私の着替えを待ち構えていた隼人さんは部屋に入って来るとすぐに満足そうに笑った。

「いいじゃん、やっぱり俺、センスいいな」

このドレスも彼が選んだものらしい。

鮮やかなコバルトブルーのフレンチスリーブ。ミディアム丈のスカートには様々な〝青〟という名の色を重ねて美しいグラデーションを作り上げている。

シンプルなパールのイヤリングとネックレス。海を連想させるようなドレスだった。

「言われるままに着替えたけど、いったい何をするつもりなの？」

「ん？　たいしたことはしないさ。俺はみんなに妻を自慢《じまん》したいだけ」

「え？　ちょっと、どういうこと？」

まだ私の疑問は解消されていないのに、さっさと部屋を連れ出されてしまう。

さっきまでとは違い高いヒールを履いているので、彼に手を引いてもらわなければそうそう早く歩けない。とりあえず転ばないようにするだけで精いっぱいだった。

パーティ会場に戻るとさっきまで隼人さんの隣にいなかった私が急に現れたので周囲の注目を浴びる。こういう視線はいつまで経っても慣れそうにないと思いながら笑顔を作る。

「綺麗だから自信もって」

隼人さんの言葉に頷くと、私は彼に伴ってお客様に挨拶をして回る。しかし急になぜこんなことをはじめたのか理由がわからない。

隣にいる彼はさっき宣言したように本当に私を自慢して歩いた。今日しなくてはいけないことだと思えないけれど、おとなしく従う。

どうしてもカフェカウンターが気になり近くに寄ると、さっきまでスーツ姿だったオーナーが私の代わりにバリスタとして働いていた。

「よかった。オーナーのバリスタ姿久しぶりかも」

オーナーのコーヒーを淹れる腕は相当のものだ。今日、彼の淹れるコーヒーを飲める人はラッキーだ。

「こら、よそ見して他の男を目で追うんじゃない」

隣から小声で隼人さんに注意される。

「別にそういうんじゃなくて。持ち場を離れてしまったから心配で」

「わかってるさ。でも、嫌なものは嫌なんだ。ほら、俺に集中して」

ぐいっと顎《あご》を掴まれて彼の方に向かされた。周囲の目があきらかにこちらを注目している。

目で「お願いやめて」と訴えかけると、彼はにっこり笑って解放してくれた。

「もう、意地悪なんだから」

「ん、なんか言ったか？」

「なんでもない」

こういう場に不慣れな私をからかう。でもそのおかげで少し緊張が解けた。しかし彼の目的はわからないままだった。

その男性が目の前に現れるまでは。

壁際の一角。明らかにそこだけ周囲の人が近づくのを避けている場所があった。おそらく先ほどからのトラブルを見ていて、みんなその人物に近付かないようにしているからだ。

そこには椅子に座ってまだ酒を飲んでいる、先ほどの男性がいた。彼を見つけて一瞬にして体がこわばった。思わず隼人さんの腕に回していた手にも力が入り、彼もそれに気が付いたみたいだ。

「大丈夫。売られた喧嘩はきっちり買わせてもらう主義なんでね。ほら、付き合えよ」

とても物騒《ぶっそう》なことを言い出した。さっきは「ちょっとお灸をすえる」と言っていたが表現がずいぶん違う。

「でも……」

拒《こば》む私を無視して彼が男性に近づく。座っていた男性は急に視界が陰《かげ》ったことで顔をこちらに向けた。

「おお、これは深川社長」

やはり男性は隼人さんの前では小さくなる。カフェカウンターや休憩室で騒いでいたのと同じ人物とはとても思えない。

「先ほどのスタッフのことですが――」

「あぁ、社長と言う立場だ。末端《まったん》のスタッフまで教育が行き届かないのは仕方のないこと。代わりにこちらから厳しく言っておいたから、安心しなさい」

男性は立ち上がると隼人さんの腕をポンポンと叩いた。まるで隼人さんのためにあの騒ぎを起こしたような口ぶりに私は呆れて言葉も出ない。

そこまで言われるほどひどい接客をしたつもりなどない。さすがに言いすぎというものだ。

気持ちを落ち着けようと、深く息を吸う。

「安心？　スタッフを脅すような人物に人を諭《さと》すことができるとは思いませんが」

隼人さんは不敵《ふてき》な笑みを浮かべる。

「わたしが誰を脅したって？」

男性が隼人さんの言葉にひっかかったのか、一瞬にして不穏《ふおん》な空気をまとった。だが一方の隼人さんはますます彼を挑発《ちょうはつ》するようにまだ笑みを浮かべている。

「どうやらわたしとあなたの認識にはかなり違いがあるようだ。あなたは弱い立場の人間を守るどころか、自分の都合で理不尽な叱責《しっせき》をした。違いますか？」

「はぁ？　いったいどこにそんな証拠がある？」

男性はますます怒りを大きくさせたようで、私たちに一歩近づいた。

「では、自分は間違っていないと？」

「当たり前だ！」

男性が大声を上げたせいで、周囲の人も私たちに注目している。

「だったらもう一度、同じことをスタッフ本人に言ってください」

「あぁ。だが、あいにく捜《さが》しに行く時間はないようだがな」

ちょうどパーティの終了時刻だ。船が港に停泊したことを司会者が伝えた。

男性はこのまま逃げるつもりのようだが、隼人さんはそれを許すわけない。

「ああ、その心配はありませんよ。ここにいますから」

「何を言っているんだ。いったいどこに――」

男性の視線が私に向けられた。彼はまじまじと私の顔を見る。

「いや、待て。いったいどういうことだ」

驚愕で震える様子の男性を見て、隼人さんはにっこりと微笑んだ。

「紹介が遅れました。彼女は私の妻です。あなたには、先ほどのスタッフだと言った方がわかりやすいですか？」

「まさか、そんなことが。じゃあ、深川商船の社長夫人に、俺は……」

男性の顔が気の毒なほど青ざめていく。

「妻は誇りを持ってバリスタの仕事をしている。お客様と接することが好きで誰よりも美味いコーヒーを淹れる妻が理由もなく客であるあなたを不快にするとは思えない。ですから納得できるような説明を求めます」

「いやぁ、それは」

ここで下手なことは言えない。私がもし、ただのスタッフならば、向こうは事実を捻《ね》じ曲げるだろう。しかし私が隼人さんの妻である以上自分の立場が弱くなるのがわかっているからだ。

「さあ、どうぞ」

詰め寄る隼人さん、男性は目を泳がせはじめる。

怒りに任せてこんなふうに詰め寄るのは良くない。しかし隼人さんはもう一歩も引くつもりはないようだ。

私は慌てて口を開いた。

「今後のことについてアドバイスしてくださったんです。早くコーヒーを飲みたい人もいるからサーバーも準備すべきだって」

いや実際はただ「早くしろ、すぐに出せ」としか言われていない。しかもできないとわかっていて無理を言っていたのは一目瞭然《いちもくりょうぜん》だ。でも今大切なのは真実ではない。

この場を収めるにはこうするのが一番だ。

「そうですよね？」

私の発言を黙ったまま聞いていた男性に念押しをする。彼の目を見るとおびえの色を浮かべていたが、小さく何度か頷いた。

「ああ、そうだ。そうなんだ。さすが奥様はよくわかっていらっしゃる」

男性が私の意図することに気が付いてくれてほっとした。彼ももう十分自分の行動を後悔しているようだ。

「渚、いいのか？」

「ええ、だってこれが事実ですもの」

これでいいのだ。私がもっとうまく立ち回りできていればこんな大事にはならなかったはず。

それに彼を追い詰めて謝罪させてもきっと、どちらにもメリットはない。それならば私が引いた方が丸く収まる。

隼人さんが大きなため息をつく。

「お人よしだな」

私にだけ聞こえるように言った。

自分でもそう思うけれど、争うよりもずっといい。しかし彼は最後にもう一度だけ釘を刺した。

「アルコールもいいですが、ほどほどに。次回はコーヒーもぜひ楽しんでください」

そういうと男性は「はい」と小さな声で返事をした。

それを見た隼人さんはそのままお客様をお見送りするために乗船口に向かった。

パーティはちょっとしたトラブルがあったものの、みなさん満足されて帰られたようだ。オーナーも新たなビジネスの構想が浮かんだようで上機嫌で菊田さんと帰っていった。

そして私はというと、隼人さんに連れられて彼が使っている客室に来ていた。

部屋に入るなり、私の対応が不満だったのか先ほどの話を切り出された。

「せっかく俺が二度と立ち直れないくらいにしてやろうと思ってたのに、あれでよかったのか？」

物騒なことを言う隼人さんに私は慌てた。

「取引先の企業を脅すようなことはやめて」

「あんなの代わりはいくらでもある。俺の渚を泣かせたやつは万死《ばんし》に値する」

あまりにも大袈裟すぎる言葉に思わず吹き出してしまう。

「そんなふうに言わないで。接客していたらこういうこともあるから」

「そんな思いまでして働かなくて――いや、いい」

「どうかしたの？」

彼が言いかけてやめるなんて珍しいことだ。だからこそ続きが気になる。

「渚が仕事を好きで誇りを持っているというのは知っていたはずなのに、今日は始まる前に水を差すようなことを言ってすまなかった」

それはきっとパーティ開始前に客室で交わした会話のことだ。

「仕事に対して理解しているつもりだが、やっぱり心配なんだ」

「大丈夫よ。今日は泣いてしまったけど、これでまた強くなれた気がする」

トラブルのたびに反省して次に生かしてきた。経験を積み重ねればもっといいバリスタになれると信じている。

「俺が大丈夫じゃないんだ」

ぎゅっと隼人さんが私を抱きしめた。慣れた香水の匂いがより強くなり胸が高鳴る。

「渚がワインまみれになっている姿を見た時、よく怒りをコントロールできたと思う。本当は一発くらいなぐってやりたかった」

「隼人さん……暴力はダメです」

「ダメだろうと、なんだろうと、俺の前で君が傷ついているのを見たくないんだ。やっぱり最初のトラブルの時に出ていくべきだった」

カウンターでの出来事も彼の耳に入っていたらしい。考えてみれば当然だ。

「でも隼人さんは私を信じてくれたから、最後まで我慢してくれたんだね。それを聞いてますます好きになったかも」

「妻を助けられない俺が？」

「私の気持ちを尊重《そんちょう》して最後には助けてくれた。最高の旦那様だよ」

私は背伸びをして自分から彼の唇にキスをした。これで感謝の気持ちが伝わればいいのだけれど。

私からのキスを受けた隼人さんは、突然のことにびっくりしていたが、うれしそうに笑った。どうやら私のキスのお礼は成功したようだ。

「本当はふたりっきりで打ち上げするつもりだったんだけど」

彼の視線の先にはテーブルがあり、そのうえには食器やカトラリーがセッティングされていて、キャンドルとバラの花が飾られていた。

だから私のドレスも用意がしてあったのだ。

「そんなかわいいキスされたら全部無視して、もっとお礼をしてもらいたくなるな」

「もっと？」

「そう、もっとだ」

「きゃあ」

隼人さんはいきなり私を抱き上げた。そしてそのまま続き部屋の扉を開ける。するとそこには大きなベッドがあり、彼は私をそこにゆっくり下ろし横たえた。

「渚のことになると、本当に余裕がなくなる。本音を言えば強引に部屋に閉じ込めて嫌なことすべてから守ってやりたい」

彼が自嘲気味《じちょうきみ》に笑った。その姿になぜか胸がときめく。

「閉じ込められるのは困るけど……でも強引な隼人さんのことも私は好きだよ」

私が彼の頬に手を伸ばす。すると彼は今日一番の優しい笑顔を私に向けてくれた。

「じゃあ、ここからは思う存分強引にいかせてもらう」

そう宣言した彼は言葉にたがわず、優しく激しく私を愛してくれた。シーツの波間に漂いそのまま朝を迎えるまでずっと私は彼の腕の中だった。

窓の外がうっすらと明るくなっていく。

私たちは部屋専用のプライベートデッキに出て、私は隼人さんに背後から抱きしめられながら、朝日が出てくるのを待っていた。

私たちの元にまた新しい朝がやってきた。

「なんて綺麗なの」

空がだんだん明るくなっていく。昼間の海とは違い凛《りん》とした空気が流れている。

ふと彼の方を振り返る。すると彼もまた私を見つめる。至近距離で見つめ合って唇を交わす。

波の音を聞きながら朝の光の中でしたキスは幸せの味がした。

END

あとがき

はじめましての方も、お久しぶりの方も。『海運王の身代わり花嫁～こんなに愛されるなんて聞いてません！～』を手にとってくださってありがとうございます。

今回はヒロインの仕事をバリスタにしてみましたが、皆さんコーヒーは好きですか？　紅茶派の人も多いでしょうか？　私はどっちも大好きです。

執筆には欠かせませんし、読書しながらも最高です。お店で飲むのはもちろん、家で淹れるのもそれはそれで美味しくて、結局いつもたくさん飲んでしまいます。美味しい飲み物片手にこの本を楽しんでいただけるとうれしいです。

最後にこの作品にかかわってくださったすべての方にお礼申し上げます。もしよろしければ感想をいただければ泣いて喜びます。

感謝を込めて。

高田《たかだ》ちさき

マーマレード文庫

海運王の身代わり花嫁
～こんなに愛されるなんて聞いてません！～

2021年9月15日　第1刷発行　定価はカバーに表示してあります

著者　高田ちさき　©CHISAKI TAKADA 2021
発行人　鈴木幸辰
発行所　株式会社ハーパーコリンズ・ジャパン
東京都千代田区大手町1-5-1
電話　03-6269-2883（営業）
0570-008091（読者サービス係）
印刷・製本　中央精版印刷株式会社

Printed in Japan ©K.K. HarperCollins Japan 2021
ISBN978-4-596-01366-8 C0193

m a r m a l a d e b u n k o